延年益寿巧按摩

主　编　王启才　马荣连

副主编　杨道建　顾以煌　杜志敏

编　写　马飞翔　李　怡　李渡江

　　　　何联民　常成运　葛　伟

凤凰出版传媒集团

江苏科学技术出版社

内容提要

　　这是一本专门为广大中老年朋友编写的养生保健按摩图书。主要针对中老年人生理、病理特点，以简练而又通俗易懂的语言，循序渐进地介绍保健按摩的基本手法、被动运动手法、全身按摩常规方法、常见病按摩方法以及自我保健按摩方法等。方法简便实用，且图文并茂，便于读者学以致用。

　　一册在手，防病保健无忧。确保自身安康，有利延年益寿！

目 录

入门篇

保健养生篇

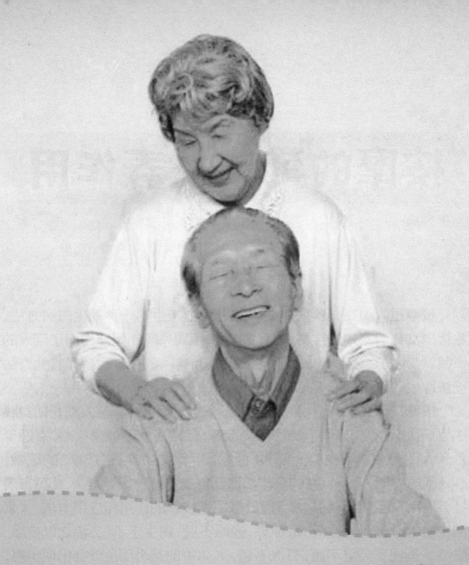

入门篇

按摩的延年益寿作用

　　按摩是人类在同疾病作斗争的过程中产生的一种养生防病方法，是祖国文化遗产中的宝贵财富，对中华民族兴旺和昌盛作出了巨大的贡献，特别是在强身健体、延年益寿和防治疾病方面，发挥了其他方法无法取代的作用。

　　按摩又称推拿，古代称之为按硗、案杬、爪幕等。前人在长期实践中逐渐认识到，按摩可以治疗某些疾病，保持身体的健康状态，有助于延长人的寿命。早在公元前 14 世纪，甲骨文中就有"按摩"的记载。春秋战国时期，诸子百家的著作都提到自我按摩的保健方法。《黄帝内经》不仅介绍了按摩的起源，而且指出了按摩的作用和应用方法。《素问·血气形志篇》说："形数惊恐，经络不通，病生于不仁，治之以按摩、醪酒。"指出了经络不通、气血不通，人体中的某个部位就会出现疾患，可以用按摩的方法疏通经络气血，达到治疗的作用。魏晋、南北朝时期，按摩的手法多样化，出现了搓、抖、缠、捻、掖、揉六种方法。隋唐时期是按摩的兴旺时期，还传入日本、朝鲜、印度等国。宋金元时期，按摩作为一门医术在广泛使用。明朝时期设置了按摩专科，积累了丰富的经验。清代有许多关于按摩的著作，对按摩的治疗法则和适应证，进行了比较系统和全面的阐述。

　　历史发展到今天，按摩治疗的病症扩大到内、外、妇、儿、伤、骨、五官等科，常用的手法达到 20 余种。按摩保健由于具有运用灵活、便于操作、适用范围甚广的特点，更是受到越来越多的人的欢迎。

　　按摩主要是依靠手法来达到治疗和保健的目的。各种手法轻重不同，其渗透于体表的力度也有所差别，基本上分为浅（皮毛）、略浅（经脉）、中（肌肉）、略深（经筋）深（骨髓）几种。通过手的力量和技巧，可以调节机体生理、病理变化，祛病延年。

按摩的作用是多方面的，主要表现在以下几个方面：

舒筋活络、消肿止痛

发生急性或慢性损伤后，肿胀、疼痛往往是主要症状。由于损伤部位血离经脉，经络受阻，气血流通不畅，出现局部肿胀，从而产生疼痛。按摩可以促进局部血液和淋巴的循环，加速局部瘀血的吸收，改善局部组织代谢，使之气血通畅，从而起到舒筋活络、消肿止痛的作用。

解除痉挛、放松肌肉

受伤后所产生的疼痛，可以反射性地引起局部软组织痉挛，这是肢体对损伤的一种保护性反应。但如果不及时治疗或治疗不当，痉挛的组织就有可能刺激神经，日久形成不同程度的粘连、纤维化或疤痕化，加重原有损伤，形成恶性循环。按摩既能解除痉挛、放松肌肉，又可以直接作用于痉挛的软组织，使之放松，从而打破恶性循环，帮助肢体恢复正常功能。

调整阴阳、调节脏腑

人体内部的一切变化均可以用"阴阳"二字来概括。疾病的发生与发展，从根本上说就是阴阳的相对平衡遭到破坏，即阴阳的偏盛或偏衰代替了正常的阴阳消长。调整阴阳，是按摩治病的基本作用之一。

阴阳的偏盛或偏衰，即阴阳的有余或不足。阳盛则阴病，阴盛则阳病。治疗时应采用泻其有余或补其不足的方法。由于阴阳是相互依存的，故在治疗阴阳偏衰的病症时，还应注意"阴中求阳，阳中求阴"，在补阴时辅以温阳，在温阳时佐以滋阴。

脏腑是化生气血、通调经络、主持人体生命活动的主要器官。脏腑功能失调后所产生的病变，能通过经络传导反映在外，出现精神倦怠、情志异常、腹胀、疼痛以及肌肉痉挛等症状。按摩能够通过手法刺激体表的特定部位或相应穴位，通过经络的传导作用，对内脏功能进行调节，达到防治疾病的目的。

疏通经络、理筋整复

经络是人体内经脉和络脉的总称，是人体全身气血运行的通路。它"内属于腑脏，外络于肢节"，沟通上下内外，网络全身，把人体所有的脏腑、肢体、组织器官联结成一个统一的整体。按摩手法作用于体表的经络、穴位上，可引起局部经络反应，起到激发和调整经气的作用，并通过经络影响到所连属的脏腑、组织、肢节的功能活动，以调节机体的生理、病理状况，达到百脉疏通、五脏安和的目的。

中医学所说的"筋"，是指与骨骼相连的肌肉、肌腱、筋膜、韧带、关节囊、椎间盘、关节软骨盘等软组织。因各种原因造成的相关软组织损伤，中医统称为"伤筋"。筋伤及骨和关节的损伤，都可以通过按摩的直接或间接作用得到纠正，从而使筋络顺接，气血运行流畅。

使用适当的按、揉、推、擦等按摩手法，可将部分断裂的肌肉、肌腱、韧带组织抚顺理直；使用弹拨或推扳手法，可将滑脱的肌腱恢复正常解剖位置；通过适当屈伸、旋转、顿拉手法，可使移位嵌顿的关节囊回纳；通过牵引拔伸、按法、摇法等，可改变突出物与神经根的位置关系。

中老年人按摩的禁忌

按摩的保健和治疗范围广泛,副作用小,但也有一些疾病不适宜采用这种方法。现将按摩的禁忌证介绍如下:

(1)诊断尚不明确的急性脊柱损伤伴有脊髓损伤症状者。

(2)急性软组织损伤早期局部肿胀和瘀血严重者。

(3)传染性疾病与急性炎症,如急性肝炎、结核病及化脓性关节炎、急性风湿性关节炎等。

(4)患有严重的心、肺疾病及身体极度衰弱者。

(5)患有各种恶性肿瘤。

(6)有出血倾向或患有血液病,如白血病、再生障碍性贫血、血友病等。

(7)局部有皮肤破损或皮肤病者,如烧伤、烫伤、各种溃疡性皮肤病等。

(8)骨折未愈合,脱位尚在固定期间。

老年人常常伴有心脏和其他脏器的疾病,按摩手法要根据其的耐受程度加以调节,不可采用过强的刺激手法。

更年期以后,骨质疏松患者较多。按摩手法要轻柔,以免引起骨折。

老年人皮肤干燥,故按摩过程中要注意使用介质,保护皮肤,避免引起皮肤损伤。

如果病情复杂或患有多种疾病,治疗时要与多种疗法结合,不可单纯依靠按摩疗法,以免延误病情。

要正确估计疾病的预后与转归,全面观察病情。对骨伤科病症一般来说,病变部位由深转为浅表、由点向面扩散,剧烈疼痛经按摩后出现较大范围的酸、胀、沉、软等,表明病情向好的方向转归。

当症状毫无改善甚至加重,或伴有其他症状时,应考虑诊断是否正确,按摩穴位和部位选择是否合理,手法运用是否恰当,是否伴有其他病症等。

按摩的注意事项

按摩必须注意因人制宜、因地制宜、因时制宜。应当根据人体的性别、年龄、体质特点，根据不同地域、环境特点，根据治疗时的季节特点等，制定相应的治疗方案。

 因人制宜

根据患者的性别、年龄、体质、职业等特点，选择手法的类别，决定手法的轻重。一般情况下，如患者年轻力壮、体质较强，以及经常从事体力劳动，操作手法可重。反之，如患者年老体衰、体质较弱，或者从事脑力劳动，手法则宜轻。

 因地制宜

根据患者所处地理环境的不同，选用相应的手法、穴位及部位。例如，南方温热多雨，人多体形瘦小、腠理疏松，施术时手法应相对轻快柔和；北方天气寒冷，人多体格壮实、腠理致密，施术时手法深重方可奏效。

 因时制宜

按摩操作时要考虑季节和时间因素。例如春夏季节，气温偏高，肌肤腠理疏松，手法力度要稍轻；夏季还可借助滑石粉、薄荷水等；秋冬季节，气候变冷，肌肤腠理致密，治疗时手法力度应稍强，按摩介质多用葱姜水、麻油。

对操作者的基本要求

作为操作者，要求仪表端正，热情大方。操作时不宜佩戴戒指、手表、手链等，以免擦伤患者皮肤或钩坏衣服。站立操作时应含胸拔背，蓄腹收臀。患者取坐位时，操作者应立于患者侧前方或侧后方，以示尊重，不要正立于患者前方。脚步不宜过多移动，以免显得杂乱无序。更换手法操作时要协调连贯，避免断续停顿。

 体位的选择

选择适当的操作体位，与按摩的疗效关系密切。选择体位的原则，一要根据病情的需要，二要使患者感到舒适，三要有利于手法操作。一般而言，头面部、颈肩部、上肢部病症选择坐位操作，腰背部、臀部、下肢后部的病症选择俯卧位操作，胸腹部、下肢前部病症选择仰卧位操作，下肢外侧部病症选择侧卧位操作，下肢内侧部病症选择仰卧位"4"字姿势操作。体位的选择还应考虑疾病的特殊情况，例如患有严重心脏病、肺气肿的患者不宜俯卧过久，以免增加心脏负担和影响肺的通气功能，可改用侧卧位或坐位操作。

 适用范围

按摩适用范围广泛，可用于内、伤、妇、儿等多科疾病，对中老年人养生防病有良好的作用。

按摩可以调治心血管疾病、脑血管疾病、呼吸系统疾病、消化系统疾病、神经系统疾病、泌尿系统疾病、生殖系统疾病、内分泌系统疾病、免疫系统疾病、代谢系统疾病等。

按摩可以治疗慢性劳损引起的软组织损伤、直接暴力导致的软组织损伤（中后期）、骨性关节炎、骨折后遗症等。

按摩可以治疗痛经、月经不调、乳痈、乳腺增生、阳痿、早泄、前列腺炎等。

按摩的常用手法

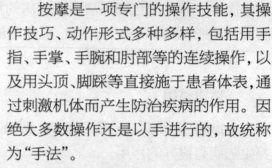

按摩是一项专门的操作技能，其操作技巧、动作形式多种多样，包括用手指、手掌、手腕和肘部等的连续操作，以及用头顶、脚踩等直接施于患者体表，通过刺激机体而产生防治疾病的作用。因绝大多数操作还是以手进行的，故统称为"手法"。

按摩手法是特定的规范、技巧动作。作为保健按摩手法，则要求柔和、有力、均匀、持久，从而达到深透的作用。柔和，是指手法操作时动作要轻巧、协调，做到"轻而不浮，重而不滞"；有力，是指手法需要有一定的力度，且这种力度不是蛮力和暴力，而是一种含有技巧的力量，并随受术者体质、病情和治疗部位的不同灵活变换；均匀，是指手法操作的节律、速率和压力等能够保持均匀一致，而非忽慢忽快，忽轻忽重；持久，是指手法能够按照操作特点持续操作一定的时间而不间断、不变形。手法具备了柔和、有力、均匀、持久这四项要求，就有了渗透

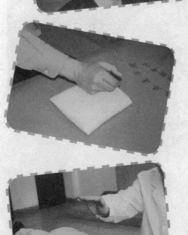

力。这种渗透力,可透过皮肤,深入体内,直接或通过经络间接达到脏腑及组织深层,产生治疗作用。

手法选择要有针对性,定位要准。施术时注意平稳自然,因势利导,要用巧力,以柔克刚,以巧制胜。用力要疾发疾收,用所谓的"短劲""寸劲"。发力不可过大,不可使用蛮力,施术时间也不可过久。

由于历史沿革、地理分隔、师徒传授等原因,按摩流派及手法分类很多,命名也不统一。有的手法动作相似,但名称不同,如按法、压法等;也有手法名称相同,但动作各异,如一指禅推法、推法等;也有将两种手法组成复合手法,如按摩、按揉法等;有的根据手法的动作形态命名,如推、拿、搓、捻法等;有的根据手法操作过程中受术者产生的相应动作命名,如屈伸、旋转法等;有的根据手法作用命名,如理法、顺法等;还有的结合施术部位、器械操作命名,如指压、棒击、踩跷法等。本书根据动作形态,结合操作部位,将手法分为摆动类、摩擦类、挤压类、叩击类、振动类和运动关节类手法。

按摩应以中医基本理论为指导,在诊断明确的前提下,较熟练地掌握各种手法的规范性操作技巧,真正达到形神统一、巧生于内、法从手出、手随心转。

本书从家庭实用性出发,只介绍一些简单易行而且安全有效,不会造成人为损伤的常用按摩手法。

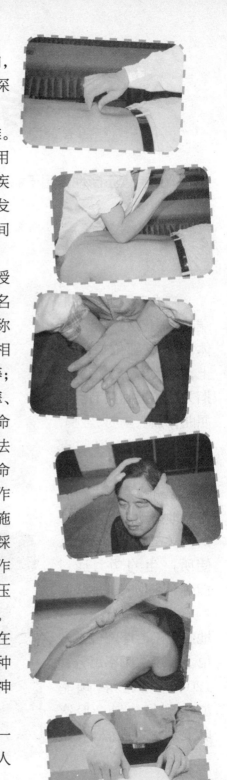

一指禅推法

拇指持续不断地作用于病变部位或穴位上,称为一指禅推法。

【操作方法】

施术者以手拇指指端或指腹着力于受术者体表一定部位或穴位上,拇指伸直,余指的掌指关节和指间关节自然屈曲,沉肩、垂肘、悬腕,腕关节放松。以肘部为支点,前臂做主动运动,带动腕关节进行有节律地摆动。同时第一指间关节做屈伸活动,使所产生的功力通过指端(图1)或指腹(图2)轻重交替,持续不断地作用于治疗部位或穴位上。手法频率每分钟120~160次。若频率加快到每分钟200次以上,则称为缠法。

图 1

图 2

【注意事项】

一般体位下,肘部宜低于腕部。腕关节在放松的基础上,尽可能屈曲 90°。操作时要做到指实掌虚、紧推慢移,拇指端或螺纹面与治疗部位间不要有摩擦移动或滑动。

本手法操作缠绵,讲究内功、内劲,需经久习练才能掌握。

【适用部位】

以指端操作,其接触面较小,刺激相对较强,适用于全身各部位经络腧穴。以螺纹面操作刺激相对较平和,多用于躯干及四肢部位的经络腧穴。而以指端偏峰推法,轻快柔和,多用于颜面部。

【功效主治】

调和营卫、舒筋活络、行气活血、健运脾胃。适用于各科病症的治疗,尤以头痛、面瘫、近视、胃脘痛、月经不调、颈椎病、关节炎等病症为宜。偏峰推法多用于头痛、失眠、面瘫、胸胁痛、胃脘痛、腹痛、泄泻、便秘等,缠法常用于治疗咽喉痛等症。

入门篇

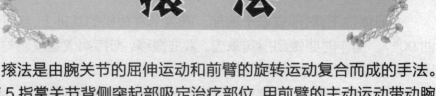

滚　法

滚法是由腕关节的屈伸运动和前臂的旋转运动复合而成的手法。以第5指掌关节背侧突起部吸定治疗部位,用前臂的主动运动带动腕关节的屈伸旋转活动,持续不断地作用于治疗部位。

【操作方法】

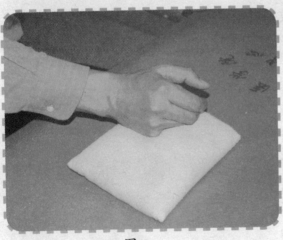

图 3

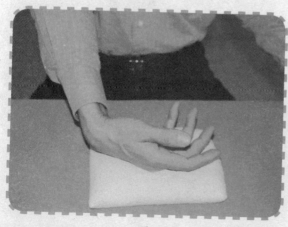

图 4

前臂的旋转运动是以手背的尺侧(小指侧)为轴来完成的,即以第5指掌关节背侧突起部附着于治疗部位,手指放松、微曲,手背绷紧,前臂主动做旋转运动,使手背偏尺侧部在治疗部位上进行连续不断地滚动(图3)。屈伸腕关节是以第2至第4掌指关节背侧为轴,带动腕关节做较大幅度的屈伸活动(图4)。手法频率每分钟约120~160次。

延年益寿巧按摩

【注意事项】

（1）肩关节放松下垂，肘关节微曲，前臂不要过分紧张，腕关节放松。

（2）滚动时第5指掌关节背侧突起部要吸附于体表，不得跳动或摩擦移动。

（3）压力要均匀，动作协调而有节律。在滚动频率不变的情况下，可在所施部位上缓慢移动。

本法难度较大，技术要求较高，需进行较长时间的刻苦训练。

【适用部位】

本法由于腕关节屈伸幅度较大，所以接触面和刺激面均较大，刺激力度也较强，多用于项、背、腰、臀及四肢部。

【功效主治】

舒筋活血、滑利关节，缓解肌肉痉挛，增强肌力，促进血液循环，消除疲劳。多用于肢体运动功能障碍、麻木不仁、瘫痪、风湿酸痛、颈椎病、肩关节周围炎、腰椎间盘突出症、各种运动损伤及运动后疲劳等，是常用的保健按摩手法之一。

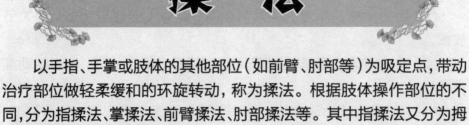

揉 法

以手指、手掌或肢体的其他部位（如前臂、肘部等）为吸定点，带动治疗部位做轻柔缓和的环旋转动，称为揉法。根据肢体操作部位的不同，分为指揉法、掌揉法、前臂揉法、肘部揉法等。其中指揉法又分为拇指揉法、中指揉法，还有用食、中、无名指三指操作的三指揉法。掌揉法又分为掌跟揉法和大鱼际揉法。

【操作方法】

（1）指揉法：用拇指或中指指腹（图5），也可用食、中、无名指三指指腹（图6），吸定在某一穴位或部位上，腕关节保持一定的紧张度，带动皮下组织做轻柔的小幅度环旋转动。手法频率每分钟约 120~160 次。

（2）掌揉法：用手掌跟部或大鱼际部吸定治疗部位，腕关节放松，以前臂的主动运动带动腕关节，同时用掌跟部或大鱼际部带动治疗部位，进行环旋转动。掌跟揉法以掌跟部着力，腕关节略有背伸，松紧适度（图7）。大鱼际揉法以大鱼际部着力，腕部宜放松（图8）。手法频率每分钟约 120~160 次。

（3）前臂揉法：以前臂中段的尺侧部着力，以肩关节为支点，以上臂为主动力进行操作。

图 5

图 6

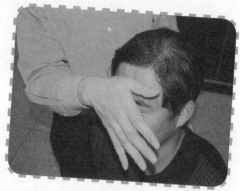

图 7　　　　　　　　　　　图 8

（4）肘部揉法：以肘部的尺骨上段背侧或肘尖的尺骨鹰嘴部为着力部位，以肩关节为支点，以肘部为主动力进行操作。

【注意事项】

（1）揉动时要求动作灵活而有节律，压力适中，以受术者感到舒适为度。

（2）不可在体表形成摩擦运动。

【适用部位】

揉法适用部位广泛。指揉法接触面小，力量轻柔，适用于头面部腧穴。掌跟揉法面积较大，力量沉稳适中，多用于背、腰、臀、躯干部。大鱼际揉法适用于面部、颈项部、腹部及四肢部。拳揉法力较刚猛，多用于背部。前臂揉法其力可刚可柔，多用于背腰、四肢及胸腹部等较大面积治疗部位。肘部揉法力量最重，多用于背、腰、臀及股后部。

【功效主治】

宽胸理气、健脾和胃、活血散瘀、消肿止痛。可用于头痛、落枕、颈椎病、小儿斜颈、软组织扭挫伤、胃脘痛、便秘、泻泄、癃闭、遗尿、近视等。

摩 法

摩法即用手指或手掌在体表做环形移动的手法。根据操作部位不同，分为指摩法和掌摩法两种。

【操作方法】

图 9

（1）指摩法：手指自然伸直并拢，腕关节略屈并保持一定的紧张度。食、中、无名、小指指面紧贴治疗部位。以肘关节为支点，前臂做主动运动，通过腕、掌使指腹在治疗部位做环旋运动。频率每分钟约 12 次（图 9）。

（2）掌摩法：手掌自然伸直，腕关节略背伸并放松，将手掌吸定于治疗部位。以肘关节为支点，前臂做主动运动，通过腕部使掌心在治疗部位做环旋运动。频率每分钟 12 次左右（图 10）。

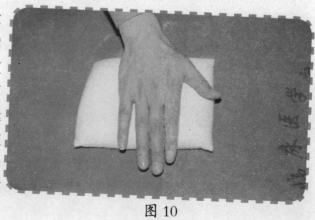

图 10

延年益寿巧按摩

摩动的速度、压力应均匀。一般指摩法稍轻快,掌摩法稍重缓。

【适用部位】

摩法刺激轻柔和缓,适用全身各部,以胸腹、胁肋等部位最为常用。

【功效主治】

和中理气、活血散结、消积导滞,调节肠胃功能。适用于胸胁胀痛、呃逆、脘腹疼痛、饮食积滞、消化不良、外伤肿痛等病症。

擦 法

　　擦法即用手掌的掌跟、大小鱼际附着于一定部位,进行快速的直线往返运动,使之摩擦生热的按摩手法。

【操作方法】

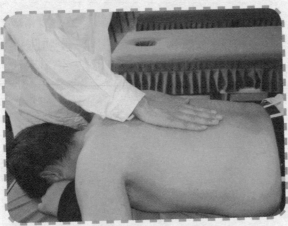

图 11

　　(1)掌擦法:将手掌的掌面贴附于施术部位,腕关节伸直。以肩关节为支点,上臂主动运动,通过肘关节、前臂和腕关节使掌面做前后方向的连续移动,以局部温热或透热为度。操作频率每分钟约100~120 次(图 11)。

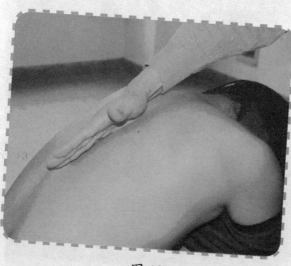

图 12

　　(2)大小鱼际擦法:手掌伸直,腕关节平伸,将大鱼际或小鱼际贴附于治疗部位。以肩关节为支点,通过肘、腕,使大小鱼际进行均匀地前后往返移动,以局部温热或透热为度。操作频率每分钟约100~120 次(图 12)。

延年益寿巧按摩

【注意事项】

（1）手掌的压力要适度，须做直线往返运行。往返的距离宜长。动作要连续不断。

（2）以温热或透热作为收效的标准。透热是指施术者在操作时感觉到擦动所产生的热已进入患者的体内，并与其体内之热产生了呼应。一旦透热，应立即结束手法操作。

（3）为防止擦破皮肤，操作时可结合使用冬青膏、红花油等介质。

【适用部位】

掌擦法擦动的范围大，多用于胸胁及腹部。大鱼际擦法在胸腹、腰背、四肢均可应用。小鱼际擦法多用于肩背腰臀及下肢部。

【功效主治】

温经通络、行气活血、消肿止痛、健脾和胃。常用于瘀血凝结、内脏虚损及气血功能失常的病症。如外感风寒、风湿痹痛、胃脘痛喜温喜按，以及肾阳虚所致的腰腿痛、小腹冷痛、月经不调等。

推 法

推法即以手指、掌（拳）、肘等部位贴实于施术部位上，做单方向直线移动的方法，又名平推法。用手指、掌或肘部操作，分别称指推法、掌推法和肘推法。

【操作方法】----------------------

（1）指推法：以拇指指端贴实于治疗部位或穴位上，余四指置于对侧或相应的位置以固定助力，腕关节略屈并偏向尺侧。拇指及腕臂部主动施力，向拇指端方向呈短距离单向直线推进，动作应均匀缓慢。

（2）四指推法：以拇指指腹或偏峰与食、中、无名三指指腹相对着力于一定的部位或穴位上，通过前臂的摆动，带动腕关节的屈伸，四指协同做往返方向的直线推动。同时拇指和其他三指做相对用力的提拿。操作时要求沉肩，屈肘（约150°），腕关节自然掌屈。四指应用力均匀柔和，刚柔相济，四指指腹始终附着于肌肤。拇指和其他三指在做推和拿的动作时，用力应始终均匀一致。在提拿过程中，主要是屈伸指掌关节，各指间关节应保持伸直位。

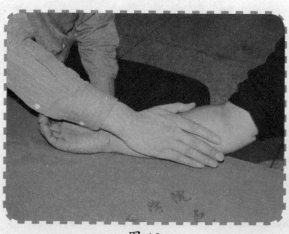

图13

（3）掌推法：以掌跟部贴实施术部位，腕关节背伸，肘关节伸直。以肩关节为支点，上臂部主动施力，通过前臂、腕关节，使掌跟部向前做单向直线推进（图13），动作应均匀缓慢。

〖注意事项〗

（1）指掌应紧贴体表，推进的速度宜缓慢均匀，压力平稳适中，单方向直线推进。

（2）用力不可过猛过快，防止推破皮肤。

（3）为保护肌肤，可在被按摩部位置一薄薄的干净布巾。如直接在肌肤上操作时，可配合使用冬青膏、滑石粉、橄榄油等介质。

〖适用部位〗

指推法接触面积小，推动距离短，施力柔中含刚，适合于查找和治疗小的病灶，故常用于面部、项部、手部和足部。四指推法接触面积可大可小，刺激量可强可弱，常用于颈项、腰背及四肢。掌推法接触面积大，推动距离长，力量柔和而沉实，多用于背腰、胸腹部及四肢肌肉丰厚处。肘推法力道刚猛，一般用于背部脊柱两侧及股后侧。

〖功效主治〗

通经活络、舒筋止痛，增强肌肉的兴奋性，促进血液循环。多用于外感发热、腹胀便秘、高血压病、头痛、失眠、风湿痹痛、腰腿痛、感觉迟钝等病症。

搓 法

搓法即用双手掌面夹住一定的部位,相对用力做快速搓揉,同时做上下往返移动的手法。

【操作方法】

双手掌面夹住施术部位,以肘关节和肩关节为支点,前臂与上臂主动施力,做相反方向的较快速往返搓动,并同时由肢体的近心端向远心端往返移动（图14）。

图 14

【注意事项】

操作时双手用力要柔和,不可用暴力。动作要对称、协调、连贯。搓动的速度要快,移动速度要缓慢。

【适用部位】

常用于四肢和胸胁部,尤以上肢部常用,通常作为按摩的结束手法使用。

【功效主治】

舒筋通络,调和气血。适用于肢体酸痛、关节活动不利及胸胁疼痛等病症。

抹 法

抹法即用单手或双手拇指螺纹面紧贴皮肤,做上下或左右、直线或弧形曲线的往返移动的按摩手法。

【操作方法】

将单手或双手拇指螺纹面置于受术者一定部位,余指置于相应的位置以固定助力。以腕关节为支点,拇指的掌指关节主动运动,拇指螺纹面在施术部位做上下或左右、直线或弧形曲线的往返移动(图15)。

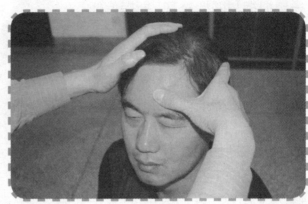

图 15

【注意事项】

抹法同推法的动作相似,推法是单方向直线移动,抹法可做任意往返移动。一般情况下,抹法比推法着力重。

【适用部位】

抹法活动范围小,多用于头面、颈项部。

【功效主治】

醒脑开窍,镇静宁神。主要用于感冒、头痛、面瘫及肢体酸痛等病症。

扫散法

扫散法即以拇指偏峰及其余四指指端做前后、上下直线摩擦动作的手法。

【操作方法】

患者取坐位，术者与患者面对面而立，以一手扶在其侧头部位，另一手拇指与四指分开，拇指偏峰置于额角发际，其余四指微屈曲，指端置于耳后高骨，食指与耳上角平齐，向耳后稍用力做轻快的单方向的摩擦推动，使拇指在额角至耳上、食指等在耳后至乳突范围内移动约 15 次。随后再以指端自上向下扫散到枕后部位，操作约 15 次。左右分别进行（图16）。

图 16

【注意事项】

（1）拇指偏峰及四指指端应紧贴皮肤（发长者指头须插入发间贴于头皮），手腕宜挺住，以肘关节的屈伸带动手掌操作。

（2）扫散时出重回轻、下重上轻，重而不滞、轻而不浮。

【适用部位】

侧头、枕部、面颊。

【功效主治】

祛风止痛、健脑益智、聪耳明目。主要用于头痛、三叉神经痛、高血压、低血压、神经衰弱、记忆力下降、耳鸣、听力下降等。

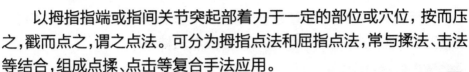

点 法

以拇指指端或指间关节突起部着力于一定的部位或穴位，按而压之，戳而点之，谓之点法。可分为拇指点法和屈指点法，常与揉法、击法等结合，组成点揉、点击等复合手法应用。

【操作方法】

（1）拇指点法：手握空拳，拇指伸直。以拇指端着力，按压体表一定部位或穴位。

（2）屈指点法：肩、肘关节放松，用拇指指间关节背侧突起部位或食指指间关节背侧突起部位按压体表一定部位或穴位。

【注意事项】

（1）点压方向宜与治疗部位相垂直，着力要固定，不得滑移。

（2）用力由轻逐渐加重，稳而持续，切忌暴力戳按。分别以各个着力部位为支撑，先轻后重、由浅而深缓缓向下用力，使按压部位产生得气感，并维持一定时间。

（3）点法作用面积小，刺激量更大，故不宜长时间使用。要根据受术者体质、病情和耐受性，酌情选用，并随时观察受术者反应，以免发生意外。

【适用部位】

因本法作用面积小，刺激较强，常用于腧穴及肌肉较薄弱的骨缝处。

【功效主治】

开通闭塞、活血止痛，调整脏腑功能。脘腹挛痛、腰腿痛等痛症常用本法治疗。

入 门 篇

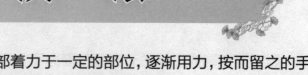

按 法

以手指、手掌或肘部着力于一定的部位，逐渐用力，按而留之的手法，称为按法。分指按法、掌按法和肘按法三种。

【操作方法】

（1）指按法：沉肩、垂肘，肘关节屈曲，腕关节掌屈，拇指（或中指）伸直，余四指屈曲。以指端螺纹面为着力部位，由轻而重，持续按压体表一定部位或穴位（图17）。

图 17

（2）掌按法：沉肩、垂肘，肘关节微屈，腕关节背伸，手指伸直。以手掌为着力部位，用单掌（图18）、双掌按压，或双掌重叠（图19）按压。

图 18

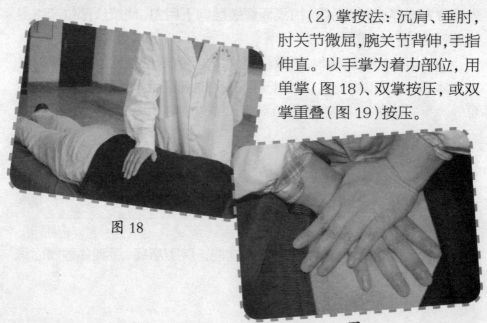

图 19

延年益寿按摩

（3）肘按法：肘关节屈曲，以肘尖突起部位着力于体表一定部位或穴位，垂直持续按压（图20）。

按法常与揉法结合应用，组成"按揉"复合手法。

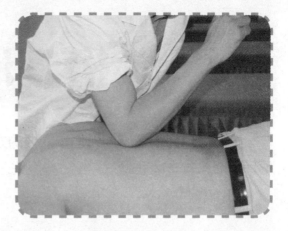

图 20

【注意事项】

（1）应根据具体情况决定施力大小和操作时间。先轻渐重，缓缓向下用力，使被按压部位产生得气感。按而留之后，再由重而轻，反复操作数次。

（2）着力部位紧贴体表，不可移动。按压的方向与治疗部位垂直。用力沉稳着实，不可用暴力猛然按压。

【适用部位】

指按法施术面积小，适用于全身各部位经络穴位。掌按法适用于面积大而又较为平坦的部位，如腰背和腹部。肘按法刺激力最强，适用于腰骶及下肢后侧。

【功效主治】

放松肌肉、开通闭塞、活血止痛、理筋整复。适用于头痛、胃脘痛、肢体酸痛麻木等病症。

入 门 篇

27

掐　法

掐法即用拇指指甲用力掐按穴位的方法。多与按法结合使用，组成掐按的复合手法。

【操作方法】

术者一只手固定相应部位，用另一只手的拇指指甲对准穴位用力掐按、挤压。也可以一边掐，一边按揉（图21）。

图 21

【注意事项】

掐按的穴位要准确，以拇指指甲着力，勿用指端。一般用力要重，但也要把握适度，防止掐出血。

【适用部位】

常用于人中、鼻尖和四肢末端。

【功效主治】

本法刺激量较强，常用于作为急救的措施。有醒脑开窍的作用，用于晕厥、休克、昏迷、高热等病症。

延年益寿巧按摩

拿 法

拿法即用拇指与其他四指指面对称用力，相对挤压一定的部位或穴位，提起揉捏的方法。

【操作方法】

肩、肘、腕关节放松，以单手或双手的拇指与其他手指相配合，相对挤压治疗部位的肌肤或肢体，进行轻重交替、连续不断且有节律性的捏提揉动（图22）。

本法多与揉法结合使用，组成拿揉的复合手法。

图 22

【注意事项】

拿取部位或穴位宜准确，以拇指与其余手指的手指罗纹面着力，忌用指端。用力的大小因人、因病而定，由轻而重，再由重而轻。动作应连绵不断，缓和而有连贯性。随时观察受术者对手法的反应。

【适用部位】

本法刺激量较强，常作为治疗的重点手法，用于颈项、肩部和四肢等部位。

【功效主治】

祛风散寒、舒筋通络、开窍止痛。主治风寒湿痹、肌肉酸痛、伤风感冒、颈项强痛等病症。

入 门 篇

捏 法

捏法即用拇指与其余四指对称性用力，相对挤压一定部位的按摩手法。分三指捏和五指捏两种。

【操作方法】

（1）三指捏法：肩、肘关节放松，腕关节略背伸，用拇指与食、中两指相对用力挤压治疗部位（图23）。按摩中常以三指捏法进行捏脊治疗（图24）。

图23

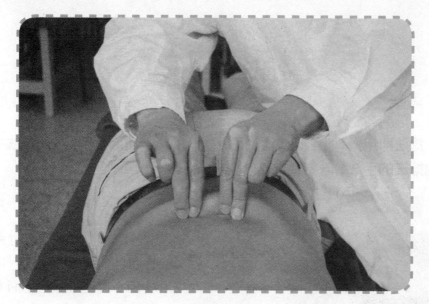

图 24

（2）五指捏法：用拇指与其余四指相对用力挤压治疗部位。

捏法常与拿法同时使用，组成拿捏的复合手法。但捏法不同于拿法。捏法以单纯对掌挤压为主，拿法则是提起揉捏治疗部位。

【注意事项】

（1）施力时以拇指与其余手指指面着力，力量对称；用力均匀柔和，连续不断。

（2）移动要缓慢，有节律地循序而下。不可断断续续，更不能跳跃、停顿或斜行。

【适用部位】

本法是较为柔和的一种手法，主要用于颈、肩、四肢、胸胁、腰骶部。

【功效主治】

疏通经络、行气活血、缓解痉挛、增强肌肉活力、消除肢体疲劳。常用于头、颈项、四肢及背脊等肌肉的痛症。

捻 法

捻法即用拇、食指螺纹面对称用力，相对挤压治疗部位，如捻线样快速捻搓的手法。

【操作方法】

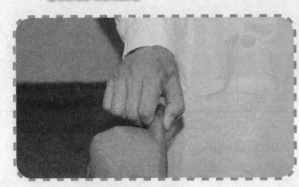

图 25

肩关节放松，肘关节屈曲，腕关节微背伸。以拇、食指的螺纹面相对挤压治疗部位，相对用力来回地捻动，边捻转边向远端移动，上下往返（图 25）。

【注意事项】

（1）操作时宜固定治疗部位的近端（一般夹持小关节根部），多配合牵拉力向远端捻动。

（2）动作应灵活快速而有节律，用劲均匀和缓，不可呆滞。

【适用部位】

本法轻柔和缓、操作灵活，多用于指、趾部小关节及浅表肌肤。

【功效主治】

理筋通络、滑利关节，促进末梢血液循环。临床常配合其他手法治疗指（趾）关节的疼痛、肿胀、麻木或屈伸不利等症。

理　法

理法即用单手或双手相对挤压肢体,有节律地一松一紧,并进行自上而下快速移动的按摩手法。

【操作方法】

用拇指与其余四指(或四指与掌跟部)相对挤压肢体近端,指掌部主动施力,做一松一紧的节律性握捏,并循序由肢体的近端移向远端。既可单手操作,也可双手交替操作。

【注意事项】

(1)操作时指、掌部要均衡施力,体现出"握"和"捏"两种力量。
(2)握捏要有节律性,频率稍快,动作自然流畅,使受术者有轻松舒适的感觉。

【适用部位】

本法为按摩治疗的辅助手法,轻快和缓。适用于四肢部,常作为结束手法使用。

【功效主治】

调和气血、疏经顺气。多用于缓解其他手法的过重刺激,纠正损伤所致软组织的痉挛等。

拨 法

拨法即用指端、掌跟或肘尖着力，深按于治疗部位，进行单向或往返推动的按摩手法，也称指拨法、拨络法。

【操作方法】

用拇指指端着力，其他四指附着于治疗部位。先将着力的指端深按于治疗部位肌筋的起止点或肌筋缝隙间，待有酸胀感时，再做与肌纤维或肌腱、韧带、经络垂直方向的单向或来回拨动（图26）。如单手指力不足，也可以双手拇指联合操作（图27），或用食指和中指或掌跟、肘尖等部位操作。

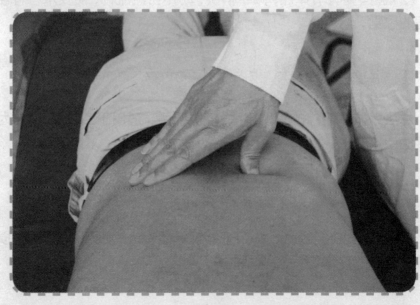

图 26

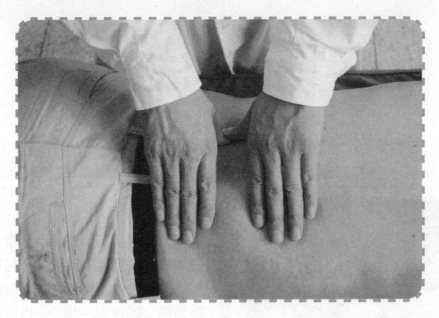

图 27

【注意事项】

手法应深沉有力，带动深层组织一起移动。先轻后重，弹而拨之，似弹拨琴弦状，以受术者耐受为度。

【适用部位】

拨法刺激量大，适用于全身肌筋丰厚处。

【功效主治】

舒展肌筋、松弛痉挛、行气活血、消炎镇痛。主治肩周炎、网球肘、腰肌劳损、腰椎间盘突出症、梨状肌综合征以及各种外伤后期局部组织粘连等病症。

35

拍　法

用虚掌拍打受术者体表的方法,称为拍法。

【操作方法】

五指并拢且微屈,用虚掌拍打体表。以前臂带动腕关节自由屈伸。腕先抬,指后抬;指先落,腕后落。既可单手操作,也可双手操作(图28)。

图 28

【注意事项】

（1）应虚掌拍打受术者体表,以免产生疼痛。

（2）腕、肘关节要自然屈伸。

（3）在背部施用拍法时,应嘱受术者取坐位,术者单手施术。在腰骶部操作时,术者应双手交替施术,且尽量拍打在腰骶部正中。

【适用部位】

本法常用于背部、腰骶部、四肢。施术时受术者有较强的振击感。

【功效主治】

行气活血、舒筋止痛。拍打背部可用于咳喘痰多,拍打腰骶部时可治疗腰痛、痛经,拍打四肢主要起放松肌肉的作用。

延年益寿巧按摩

弹 法

弹法即用手指指端弹击病变部位或穴位的方法。

【操作方法】

将一手指的指腹紧压住另一手指的指甲，用力弹出，连续弹击治疗部位，每分钟约弹击120~160次（图29）。

图 29

【注意事项】

施力的大小应根据接受者的体质及病情灵活掌握，着力要均匀，频率要快。

【适用部位】

多用于头部。

【功效主治】

轻弹有抑制作用，重弹有兴奋作用。可通经活络、散风祛邪。常用于治疗头痛、头晕、失眠、神经衰弱、脑震荡后遗症等病症。

入 门 篇

击 法

击法即用掌根、掌侧小鱼际、拳背、指端或桑枝棒击打体表的方法。

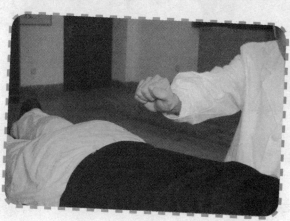

图 30

图 31

（1）掌跟击法：手指微屈，腕略背伸，以掌根着力，有弹性、有节律地击打体表的一定部位。

（2）指掌侧击法：五指自然伸直，拇指向上，以小指侧指掌（包括小鱼际）着力，双手有弹性、有节律地击打体表。也可以两手交叉相合，同时击打施治部位。

（3）指尖击法：两手五指屈曲，以指尖着力，有弹性、有节律地击打病变部位。

（4）拳击法：手握空拳，以拳面（图 30）或拳背（图 31）有弹性地击打病变部位。

（5）桑枝棒击法：手握桑枝棒的手柄，有弹性、有节律地击打腰背部或下肢的后侧。

无论上述哪一种击法，施术部位都会有振动、舒适感。

【注意事项】

（1）应因人、因部位选择击法的种类。无论哪种击法，腕关节都应放松，并以肘关节的屈伸带动腕关节自由摆动，如此才能做到有弹性地击打。

（2）操作时应有一定节律，如此才能感到轻松舒适。

（3）保护皮肤，免受损伤。

【适用部位】

掌跟击法主要用于腰骶部、下肢；指掌侧击法主要用于颈肩部、四肢部；指尖击法主要用于头部；拳击法用于背部、腰骶、下肢；桑枝棒击法用于腰背部及下肢的后侧。

【功效主治】

击法多在治疗结束时应用，有舒筋通络、行气活血、振奋脏腑功能的作用。掌击法和侧击法可缓解肌肉痉挛，消除肌肉疲劳；指尖击法可开窍醒脑，改善头皮血液循环；拳击法、桑枝棒击法主要起放松作用。

振 法

能使治疗部位产生振动的按摩手法，称为振法。可分为掌振法和指振法。

【操作方法】

（1）掌振法：将手掌平覆于治疗部位，通过上臂及前臂的静力性收缩，使手掌在治疗部位做连续、快速的上下颤动，频率要快，每分钟大约施振 500~700 次，使接受治疗的部位有明显的振动感（图32）。

（2）指振法：以食、中二指指端置于体表的穴位上，稍用力使穴位局部产生酸胀得气感，同时腕关节挺紧，以前臂的静力性收缩带动手指，在治疗部位做连续、快速的上下颤动（图33）。

图 32

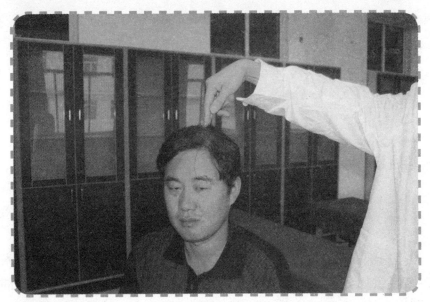

图 33

【注意事项】

以意领气，运气至手，发出振颤，并将振颤传达至治疗部位的深层。

【适用部位】

振法主要用于胸腹部和腰部穴位，指振法还可用于头顶。

【功效主治】

祛瘀消积、活血止痛、温中理气、调畅气机。振法作用于腹部时，有通行腑气、调理胃肠功能的作用，用于治疗脾胃虚弱引起的消化不良及预防术后肠粘连。振法作用于胸部时，有调理气机的作用，可宽胸理气、调整上焦之气机。

抖 法

抖法是一种在四肢末端施术,使肢体近端产生抖动的方法。

(1)肩部抖法:患者取坐位(年老体弱的患者可取仰卧位),施术者站在患者患侧,双手握住患者的手指,使其肩关节外展,在牵引的情况下,做均匀的、小幅度的、快速的、连续的上下抖动,使抖动上传至肩关节。在抖动过程中,可以瞬间加大抖动幅度3~5次,但只加大抖动的幅度,不加大牵引力(图34)。

图 34

(2)腰部抖法:患者取俯卧位,请一位助手牵持患者的腋下起固定作用。术者双手托住患者双下肢踝关节,两臂伸直,身体后仰,与助手相对用力,牵引患者的腰部,待患者腰部放松后,术者身体先向前,然后身体再向后仰,瞬间用力,上下抖动,带动腰部大幅度地抖动。如此反复操作 3~5 次。

（3）髋部抖法：患者取侧卧位，术者双手握住患者踝关节，先进行拔伸牵引，然后在维持牵引状态的情况下，做上下快速的抖动。

【注意事项】- - - - - - - - - - - - - - - - - -

（1）采用肩部抖法时，患肩位于外展位抖动效果最好。抖动过程中最好配合牵引法进行操作。

（2）采用腰部抖法时，术者与助手牵引患者腰部，患者的下肢与床面的角度不要太大。待患者肌肉放松后，再发力上下抖动数次。

（3）髋部抖法应先牵引后抖动，抖动过程中术者两前臂应伸直，身体略后仰，以利于发力。抖动要有连续性。

【适用部位】- - - - - - - - - - - - - - - - - -

适用于肩部、腰部、髋部，施术于肢体远端，效应产生于肢体近端。

【功效主治】- - - - - - - - - - - - - - - - - -

加大关节间隙，缓解关节周围肌肉的紧张痉挛。肩部抖法主要用于松解肩关节的粘连，恢复肩关节外展功能，治疗肩周炎之外展受限。腰部抖法有加大椎间隙、调整腰椎椎间关节关系的作用，多用于调治急慢性损伤导致的椎间关节关系紊乱，如急性腰椎椎间关节紊乱症、腰椎间盘突出症等。髋部抖法主要增加髋关节活动度，用于治疗髋关节功能受限。

摇 法

摇法指被动运动关节，使关节做环形转动的方法，又称盘法或旋法。

【操作方法】

（1）颈部摇法：① 患者取坐位，颈部放松，术者站在其侧后方，一手扶住受术者的后枕部，另一手托住受术者下颌，做缓慢的环旋摇动，并逐渐加大摇动的范围（图35）。② 也可用肘部夹住患者的下颌，另一手托住其后枕部，做缓慢的环旋摇动。③ 术者站在患者的后方，两手托住其头部，拇指在后，其余四指在前托住下颌，两前臂的尺侧压住其肩部，边向上拔伸，边缓慢地做环旋摇动，并逐渐加大摇动的范围。

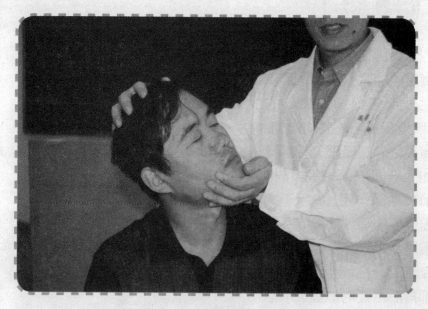

图 35

（2）肩部摇法：以左肩为例，患者取坐位，术者立于患者左后方，右手扶按患者的左肩部，左手握住其左手，环旋摇动其肩关节（图36）。也可用左手托住患者的左肘关节，环旋摇动其肩关节。

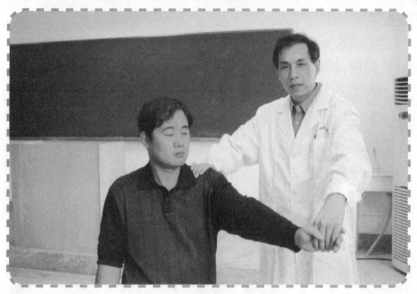

图 36

术者还可以用右手扶住患者的右肩，左手虎口经患者的腋下握住其前臂下段，做前下→前上→后上→后下方向或相反方向的摇动；也可做水平方向顺、逆时针的摇动（图37）。

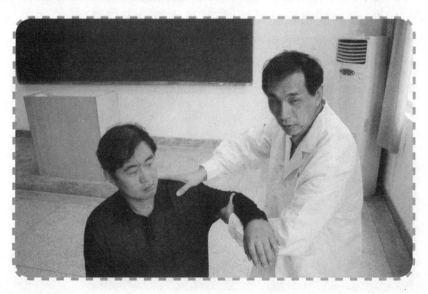

图 37

（3）前臂部摇法：为前臂的旋转及腕肘关节屈伸的复合运动，又称为"肘关节摇法"。术者一手托住患者的肘关节，另一手握住其腕部，前旋或后旋摇动其前臂，在功能受限区域内进行操作。治疗肱骨外上髁炎时可配合拇指点按痛处。

（4）腕部摇法：术者一手握住患肢前臂下段，另一手五指与患者的五指交叉握住，环旋摇动腕关节，在功能受限区域内进行操作（图38）。

图 38

（5）髋部摇法：为膝关节屈伸及髋关节内外旋转的复合运动。患者取仰卧位，术者站在患侧，一手扶患侧膝部，另一手托起足跟。先使膝关节屈曲，同时使患侧髋关节外展、外旋至最大限度，然后使髋、膝关节极度屈曲；再使髋关节极度内收、内旋，最后伸直患侧下肢（图39）。

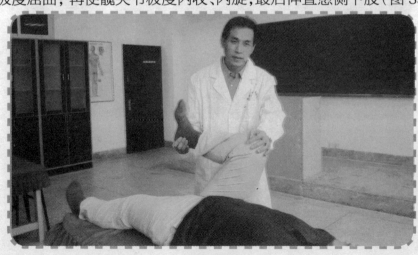

图 39

（6）踝部摇法：患者仰卧，术者一手托其足跟部，另一手握其足前部，环旋摇动踝关节，并逐渐加大摇动的范围。

【注意事项】

（1）摇法操作应在关节生理活动范围内进行，范围由小逐渐增大。用力要稳，动作要和缓，速度宜慢。

（2）颈部摇动时速度宜慢不宜快，且患者应睁开眼睛，以免头晕。摇动的幅度不宜过大，仅在受限区域内摇动即可。眩晕患者慎用。

（3）肩部摇法以托肘之手运动为主。应适当控制前臂，避免在摇动过程中前臂屈伸，影响操作。摇动过程中应使肩关节充分活动，且摇动的范围应在受限的区域内从小到大。

（4）在髋部摇法的整个过程中，患者的下肢应始终尽量贴在床面上，术者要用推的力量使患肢运动，最后运用下肢自身重量使患肢从内收、内旋位伸直并回置床上。对于髋关节周围的骨折后遗症，摇动范围应适当，避免强力牵拉摇动而再发生骨折。

（5）踝部摇法应用于踝关节周围的骨折后遗症导致的功能障碍时，摇动范围应适当，避免强力牵拉摇动而再发生骨折。

【适用部位】

全身各部位的关节均可进行摇法操作，其特点为沿关节两个轴的同时运动。

【功效主治】

舒筋活络、滑利关节、松解粘连，恢复关节的活动功能，加大关节的活动范围。主要用于关节僵硬、活动不利等症。颈部摇法主要用于落枕、颈椎病；肩部摇法用于治疗肩周炎及创伤后因固定导致的肩关节粘连；前臂部摇法用于前臂旋转功能障碍，如前臂骨折引起的前臂旋转功能受限、肱骨外上髁炎等；腕部摇法用于腕部伤筋或骨折导致的腕部运动功能障碍；髋部摇法用于治疗髋关节功能受限。

背 法

　　背法是指术者背靠背将患者反背起来，患者的腰椎在后伸或侧屈至最大限度后，瞬间加大腰椎后伸或侧屈的方法。

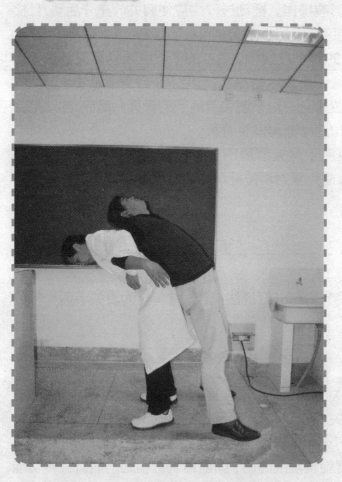

图 40

　　术者与患者背靠背站立，二人两肘互相交叉，术者用臀部顶住患者腰部，弯腰、屈膝，将患者反背起来。先左右水平方向摇动数次，待患者放松后，术者迅速伸膝挺臀，同时加大腰部前屈的角度，随即将患者放下（图40）。

【注意事项】

术者与患者的顶触部位应准确无误。术毕将患者放下时,应先确认患者确实已经站稳,然后再松手,以防摔倒。

【适用部位】

适用于腰部,其特点在于后伸至最大限度时瞬间发力。

【功效主治】

舒筋通络、理筋整复。后伸背法可加大腰部后伸角度,纠正腰椎小关节错位和缓解腰椎间盘突出症症状。用于治疗急性损伤致腰后伸功能受限时,常有立竿见影之效。还可治疗腰肌急性损伤、腰椎间盘突出症之腰部后伸受限。

入门篇

49

扳 法

扳法是指被动运动关节，在关节最大运动范围的基础上再加大关节运动幅度的手法。

【操作方法】

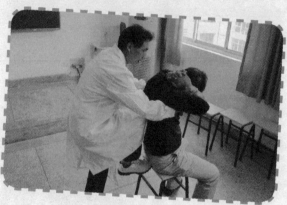

图 41

（1）胸部提拉法：患者取坐位，两手交叉紧扣置于后项部。术者站在患者身后，用一侧膝关节顶住其背部，双手从患者腋下交叉紧扣前胸，两上肢迅速向后上方提拉，膝关节同时向前顶（图 41）。

图 42

（2）扩胸牵引法：患者取坐位，两手交叉紧扣置于后项部。术者站在其身后，用一侧膝关节顶住病变的棘突，用两于托住受术者两肘并向后上托至最大限度，同时膝关节向前顶，并嘱患者头后伸。术者瞬间用力（图 42）。

（3）胸椎后伸扳肩法：以棘突向左偏为例，患者取俯卧位。术者站在其左侧，以右手掌根顶住偏歪的棘突左侧，左手置于右肩前，两手相对用力，使背部后伸并且旋转。至最大限度时，两手瞬间用力（图43）。

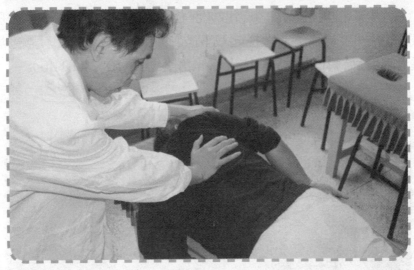

图 43

（4）腰部侧扳法：患者取健侧卧位。健侧下肢伸直在下，患侧下肢屈曲在上；健侧上肢置于胸前，患侧上肢置于身后。术者站在受术者腹侧，一手置于患侧肩前，另一手上肢屈肘，前臂置于患者髋部。双上肢相对用力并逐渐加大对患者腰部的旋转角度。至最大限度时，瞬间用力，进一步加大旋转角度（图44）。

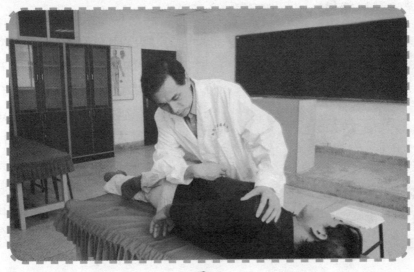

图 44

（5）腰部后伸扳肩法：以棘突向左偏为例，患者取俯卧位，术者站在其左侧，右手顶住其胸腰段偏歪棘突的左侧并向右方推，左手置于右肩前，两手相对用力，使其腰部后伸至最大限度，两手瞬间用力。

（6）腰部后伸扳腿法：患者取俯卧位，术者站在其旁，一手按压其腰骶部，另一手从膝关节上托起双下肢，两手相对用力，使其腰部后伸至最大限度后，瞬间用力，再加大后伸角度约5~10°（图45）。

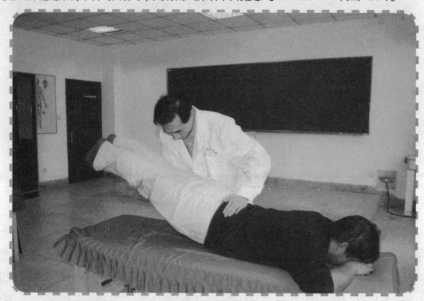

图 45

图 46

（7）直腰旋转扳法：以腰部向右旋转受限为例，患者取坐位，身体略向右偏斜。术者站在其左前方，两腿夹住其左膝部起固定作用，左手置于其左肩后，右手置于其右肩前。术者两手协调用力，使患者的腰部右旋至最大限度，瞬间再用力，加大其腰部右旋的角度（图46）。

（8）腰椎定位旋转扳法：以棘突向右偏为例，患者取坐位，右手置于颈后。术者坐在其右后方，左手拇指置于其偏歪棘突的右侧，右手从其右上臂之前插入并置于患者后项部。先使患者腰部前屈至所要扳动的椎骨棘突开始活动时，再使其腰部略向左侧屈，同时右旋至最大限度，做一个有控制的、稍增大幅度的、瞬间的旋转扳动，左手拇指同时向左推按偏歪的棘突（图47）。

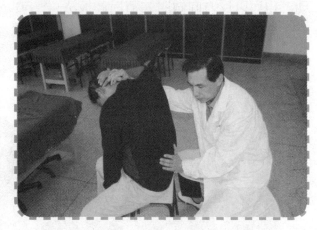

图 47

（9）肩部扳法：患者取坐位，术者立于一侧，使患者取肩关节分别进行外展、内收、外旋、内旋、前屈、后伸（图48）及上举（图49）活动。当活动至最大幅度时，略停片刻，再做各方位稍增大幅度的扳动。

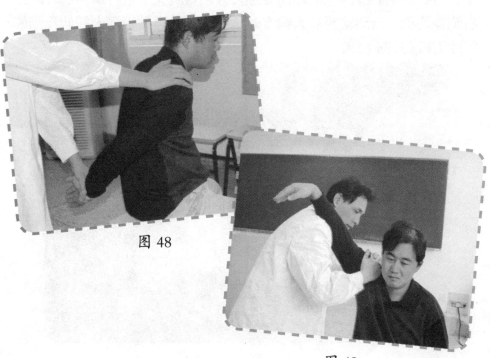

图 48

图 49

（10）肘关节扳法：患者取坐位，术者立于一侧，使患者肘关节分别进行屈伸活动。当活动至最大幅度时，略停片刻，再做稍增大幅度的扳动。也可以反方向做肘关节后伸扳法（图50）。

图 50

（11）腕关节扳法：患者取坐位，术者立于一侧，一手紧握其腕关节上方，另一手握住其拇指以外的四指，分别对腕关节进行掌屈、背伸、左右侧偏活动。当活动至最大幅度时，略停片刻，再做稍增大屈伸及侧偏幅度的扳动（图51）。

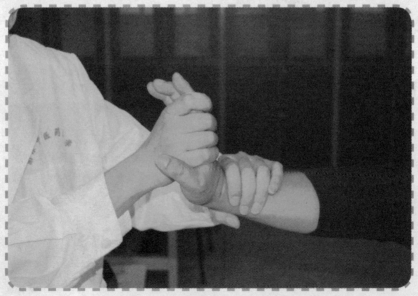

图 51

（12）髋关节扳法：患者仰卧，一只腿伸直，另一只腿屈膝，踝关节置于直伸下肢的膝关节上。术者立于一侧，一手按住患者弯曲的膝关节，一手按住对侧髋关节，双手同时下压，略停片刻，再稍增大幅度扳动（图52）。

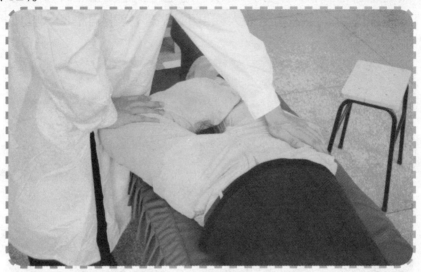

图 52

然后患者侧卧（两下肢伸直，患侧在上），术者立于其背后，一手往前下方按患侧的髋部，另一手将患侧下肢通过反作用力往后扳。当活动至最大幅度时，略停片刻，再稍增大幅度扳动（图53）。

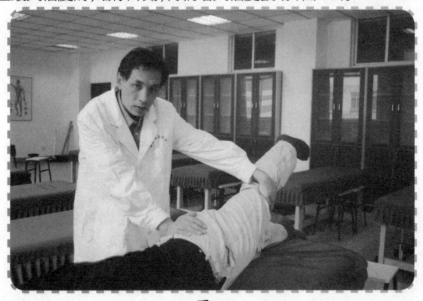

图 53

（13）膝关节扳法：患者仰卧，术者立于一侧，一手扶住患肢膝关节，另一手托起足跟，反复做膝关节的屈伸活动。当活动至最大幅度时，略停片刻，再稍增大幅度扳动（图54）。

然后患者俯卧，术者立于一侧，用手握住患肢足踝部，反复进行膝关节的后屈活动。当活动至最大幅度时，略停片刻，再稍增大幅度扳动（图55）。

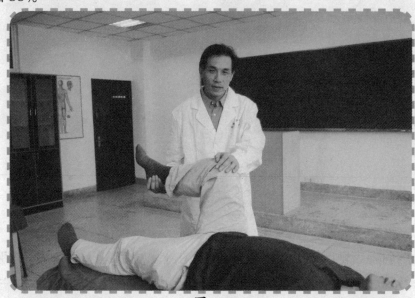

图 54

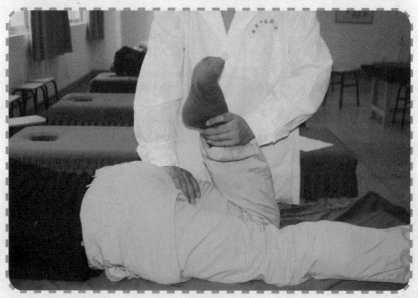

图 55

（14）踝关节扳法：患者取仰卧位，术者立于一侧，对患者踝关节分别进行背伸、背屈、内翻、外翻等活动。当活动至最大幅度时，略停片刻，再做各方位稍增大幅度的扳动。依据踝关节不同方向的扳动，可分为踝关节跖屈、背伸、外翻、内翻扳法。

操作过程中尚可进行指掌、指间、趾跖、趾间关节的扳法，操作方法同上。

【注意事项】

（1）扳法操作力直接作用于关节，操作中须小心谨慎。要顺应关节的各自生理特点，在其活动范围内施行手法。

（2）发力的时机要准，用力要适当，不可使用暴力和蛮力。

（3）扳法通常会出现关节弹响，但手法欠熟练者操作时不一定强求关节弹响。

（4）诊断不明确的脊柱外伤者禁用此法。骨关节结核、骨肿瘤、骨质增生、骨质疏松患者慎用或禁用。

（5）粘连重的肩关节周围炎在实施扳法时不宜操之过急，以免关节囊撕裂而加重病情。

【适用部位】

扳法的作用力直接针对关节，多用于调整脊柱位置和四肢关节的运动幅度，故适用于脊柱及四肢关节的病变。

【功效主治】

舒筋通络、滑利关节、理筋整复。主要用于脊柱和四肢关节的各种病变以及关节外伤后功能活动障碍等病症，如落枕、胸胁扭挫伤、腰椎间关节紊乱、腰椎间盘突出症、肩关节周围炎、肱骨外上髁炎、腕管综合征、关节扭伤等。

入门篇

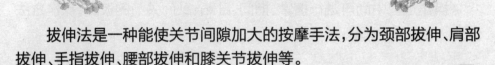

拔伸法

拔伸法是一种能使关节间隙加大的按摩手法，分为颈部拔伸、肩部拔伸、手指拔伸、腰部拔伸和膝关节拔伸等。

图 56

（1）颈部拔伸法：患者取坐位，术者站在其侧后方，腹部顶住其背部，一手托住其后枕部，另一手肘夹住其下颌，缓慢地向后上方拔伸其颈部，反复多次（图56）。

颈部拔伸法也可以在患者仰卧位下进行，术者一手托患者后枕部，另一手置于其下颌处，两手用力向上拔伸其颈部。

（2）肩部拔伸法：患者取坐位，术者站在其患肢一侧，双手握住其腕部（患者手掌心最好朝向术者），用力向上拔伸患肢。操作过程中，也可瞬间加大拔伸的力量（图57）。

（3）手指拔伸法：术者一手握住患者的腕部，另一手握空拳，拇指盖于拳眼，食、中指夹住患者的

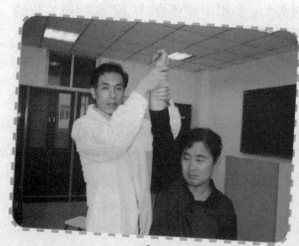

图 57

延年益寿巧按摩

指端，然后迅速地向外用力拔伸。此时往往能听到一种清脆的响声（图58）。

图58

（4）腰部拔伸法：患者取俯卧位，请一助手从患者头部方向固定其肩部。术者双手托住患者双下肢踝关节，两臂伸直，身体后仰，与助手相对用力，拔伸受患者的腰部。

（5）膝关节拔伸法：患者取仰卧位，术者一手托住其足跟，另一手握其足部。先使患侧膝关节屈曲，然后迅速拔伸，使患膝伸直。反复进行数次。

【注意事项】

（1）动作宜稳而持续，力量应由小逐渐增大，不可使用猛力。

（2）根据不同部位和病情，控制好拔伸方向和角度。

【适用部位】

适用于颈、肩、指、腰、膝等处关节。

【功效主治】

采用拔伸法牵拉关节、脊柱、肢体，可加大关节的间隙，改善肢体运动功能。具有舒筋通络、纠正关节紊乱、防治关节粘连的作用。主要用于脊柱及四肢关节部位软组织损伤及关节错位等。

（1）颈部的拔伸可增大颈椎的椎间隙，减小椎间盘内的压力，主要用于治疗颈椎病，也可以用于治疗颈部扭伤或落枕时出现的颈椎椎间关节紊乱。

（2）腰部拔伸可增大腰部椎间隙，减小椎间盘内的压力，常用于治疗腰椎间盘突出症、退行性脊柱炎等。

（3）肩部拔伸可分解粘连，用于治疗肩关节上举受限。

（4）手指拔伸可以调整指间关节及掌指关节的关系，用于治疗手部伤筋，也是保健的常用手法。

按摩手法练习

　　按摩手法练习是按摩人员一定要进行的基本功训练，是掌握按摩技能必不可少的重要环节。如果想要把握规范的动作要领，熟练掌握技巧和持续的力量，使自己的手法具有功力和巧力，达到"深透"的基本要求，就必须进行认真、刻苦的练习。一般业余爱好者，可以分部位选择一些最基本的手法进行练习。在有了一定的基本功后，可选择多种手法组成一定的套路，按程序进行操作练习，以熟悉多种手法的组合、衔接，强化整体效果。

　　手法练习，可分为准备手法、重点手法和整理手法三个方面。准备手法如揉法、抹法等，操作范围较大，性质较柔和，能使患者身心放松，多在开始阶段进行；重点手法如点法、按法、拨法及运动关节类手法等，是操作练习的核心部分，针对性强，刺激量大，操作范围集中，手法时间较长；整理手法如揉法、搓法、抖法、捻法、叩击类手法等，轻快柔和，操作范围较大，能消除其他手法刺激的反应，多在结束阶段采用。

保健养生篇

头颈保健按摩法

　　头为诸阳之会。头面五官通过经络，与人体脏腑、组织器官等相连。通过对头面颈项部的按摩，可以舒通经络，调节神经系统的兴奋与抑制过程，促进人体代谢、改善局部血液循环，从而达到养生祛病的目的。头面颈项部按摩保健可以防治近视、目赤肿痛、迎风流泪、白内障等眼部疾患，还可以防治头痛、高血压、失眠、感冒、音哑、慢性咽炎、牙痛、耳聋、耳鸣、颈椎病等。操作方法可以根据具体情况加以选择，灵活运用。

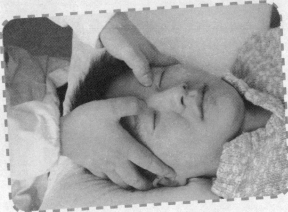

图 59

1. 揉眉头（攒竹）

　　自己以双手中指（他人操作则用拇指，以下同）螺纹面，分别按于两眉头的凹陷处，轻揉攒竹穴2分钟。用力不宜过重，以感觉酸胀为宜（图 59）。

2. 按目内眦（睛明）

　　以双手中指螺纹面分别置于目内眦上角睛明穴处，并渐用力向上挤按约2分钟（图 60）。力量不宜重，以感觉酸胀为宜。

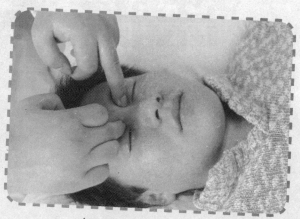

图 60

延年益寿巧按摩

62

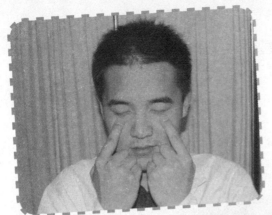

图 61

3. 按揉眶下孔（四白）

以双手食指或中指螺纹面，分别按在眶下孔四白穴处，并持续按揉 1~3 分钟，以酸胀为宜（图 61）。

4. 揉太阳穴

用两手中指螺纹面分置于头部两侧太阳穴处，揉动 1~3 分钟，以酸胀为宜（图 62）。

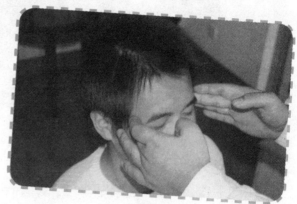

图 62

5. 抹眼眶

用双手食指、中指、无名指螺纹面紧贴上眼眶，自内而外，先上后下，交替抹眼眶 30~50 次，以酸胀为宜。

6. 推前额

将两手食、中、无名指指端并置于额前正中，自内向外分推 2~5 分钟。然后再自两眉正中直推至前发际。交替推 1~3 分钟。

7. 按揉百会

术者用一手拇指指腹按于受术者头顶百会穴，其余四指轻贴头侧耳缘，稍用力按揉百会穴 1~3 分钟（图 63）。

图 63

8. 揉鼻旁（迎香）

以两手中指指腹分置于鼻旁两侧迎香穴处，轻度按揉并自鼻根部做上下摩擦（图64）。反复揉动1~3分钟。

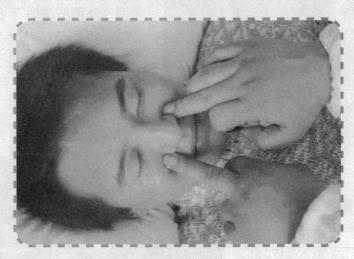

图 64

9. 擦鼻柱

用一手食、中指指面紧贴鼻部，两指稍用力夹住鼻梁，做上下往返擦动20~30次。

图 65

10. 按揉颊车、下关、头角

以双手中指螺纹面分置于两侧下颌角颊车穴处，施以指按法1~3分钟。然后上移至耳前颧弓下方下关穴处，向上推至额角（图65）。反复操作10~30次。

11. 揉耳郭

两手掌心相对分置于两耳郭上，稍用力按住耳郭，做顺、逆时针揉动，各10~30次。

12. 按耳后（翳风）

以中指或食指、拇指指端分别按于两侧耳后翳风穴，用力按压 1~3 分钟，以有酸胀感为度。可以配合轻轻地揉动（图 66）。

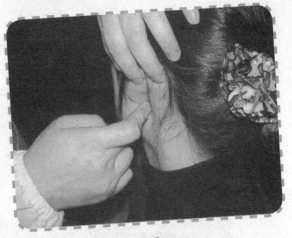

图 66

13. 拿头顶

五指自然屈曲分开，以五指指端分置于头部督脉、左右膀胱经、左右胆经上。五指相对用力，自前额向后拿动，按顺序拿推至后枕部（图 67）。反复操作 10~20 次。

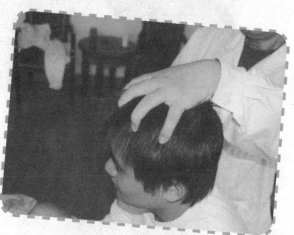

图 67

14. 扫散少阳

以一手固定头部。另一手五指自然分开，大拇指置于其头维穴处，其余四指指端同时置于足少阳经上，五指稍用力，向后经耳后高骨，沿胆经推至风池穴（图 68）。反复操作 10~20 次。

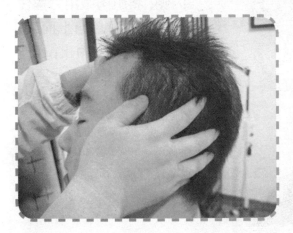

图 68

保健养生篇

65

15. 拿后项（风池）

一手固定前额。另一手拇指与食指分开，分置于枕后两侧项部风池穴，稍用力向前上方挤按，然后做轻揉的拿动 10~20 次（图 69）。

图 69

16. 捏拿项肌

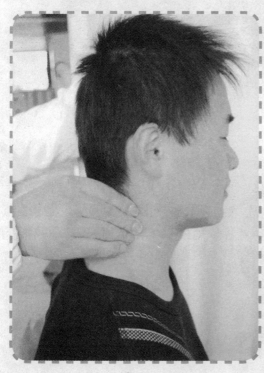

以两手并置于风池穴处。拇指在项肌外侧，其余四指并置于颈项肌内侧，将肌肉微用力捏住并向上提拿。自上而下，捏拿至肩髎穴为止，操作 3~5 分钟（图 70）。另一侧操作相同。

图 70

17. 推喉结

用两手拇指或一手拇指、食指揉推喉结两侧 1~3 分钟。

18. 推桥弓

四指按住颈项部, 以拇指自翳风单向直推至缺盆穴, 10~20 次 (图 71)。推左侧桥弓穴用右手操作, 推右侧桥弓穴用左手操作,方法相同。

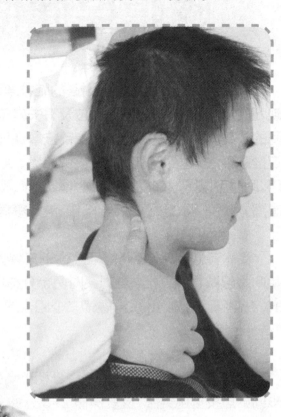

图 71

胸腹保健按摩法

胸腹乃脏腑所居之地。中医的脏象学说强调以五脏为中心的整体观，通过对胸腹部脏腑所处部位及有关穴位的推拿，可以调整各脏腑之间的关系，使其功能协调。胸腹部按摩保健，主要通过在胸腹部施行一定推拿手法，达到宽胸理气、健脾和胃、通调肠腑、培肾固精的养生作用。同时可以防治胸闷、胸痛、心悸、咳嗽、哮喘、呃逆、腹胀、腹痛、便秘、腹泻、月经不调、痛经、遗精、阳痿、淋浊等病症。

1. 推摩前胸

受术者仰卧，术者两拇指并列于其胸骨柄处，双手全掌着力，指端朝向腹部做直线下推，至剑突时两手分抹向两边。双手小指达腋前线时，沿侧胸回升到原位，再做第二个回合的推摩。如此反复 20~30 次。

2. 按揉胸骨

以双手拇指或四指并置于胸骨柄上窝天突穴处，稍用力按揉，并逐步向下点按至剑突部，反复操作 2~3 分钟。

3. 掌擦胸廓

术者手指自然伸直，用手掌贴附于受术者锁骨下缘，从左至右或从右至左，横擦胸廓 1~3 分钟。

4. 搓胁肋

术者两手掌心相对贴附于受术者两侧腋下，然后同时用力夹紧其胁肋部，做双手相反方向的搓动，自上而下，反复操作 3~5 遍（图 72）。

延年益寿巧按摩

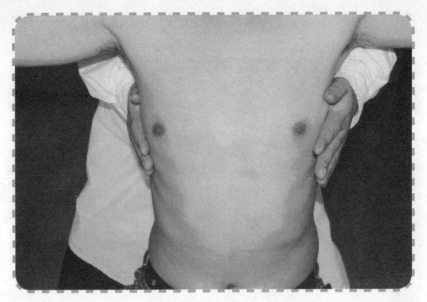

图 72

5. 推上腹

术者以两手拇指螺纹面并置于受术者胸骨剑突下,其余四指分置于腹部两侧,然后用力推动,自上而下至脐上。反复直推 10~20 遍。

6. 摩上腹

术者手指自然伸直,以掌心贴附于受术者上腹部,范围由小到大,做顺、逆时针的环行摩动,5~10 分钟。

7. 摩丹田

以一手掌心置于脐下 3 寸关元穴,并以此为中心,做顺、逆时针方向的旋转摩动,5~10 分钟。

8. 推运脾胃

以一手掌根及大鱼际部自剑突下向外下方斜推至乳下第 6 肋间的期门穴。接着以四指指腹循胃脘部推运,反复操作 5~8 遍。

9. 揉脐旁(天枢)

术者以一手拇、食指或两手拇指螺纹面着力于受术者脐旁两侧天枢穴,稍用力下按1~2分钟,再做顺、逆时针的揉动1~3分钟(图73)。

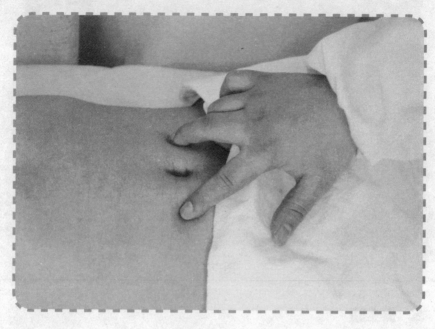

图 73

10. 提拿腹肌

以两手四指分置于受术者腹部两侧,自外向内将腹部肌肉挤起。然后两手拇指置于腹肌的内侧,四指置于腹肌的外侧,拇指与四指相对用力捏住腹肌并向上提拿,自上而下,反复操作5~8遍。

11. 揉脐

以掌心置于脐上,以脐为中心,稍用力下按,然后做顺、逆时针方向的揉动3~5分钟。

12. 推托腹部

以两手拇指分置于脐旁天枢穴,四指分置于腹部两侧,自下而上,同时自外向内,将腹部肌肉挤推2~5分钟(图74)。

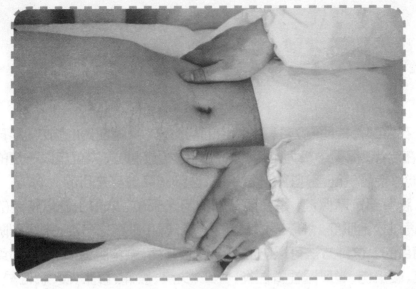

图 74

13. 点按气海、关元、中极

以一手拇指指腹置于脐下 1.5 寸气海穴，按揉 1~2 分钟。然后向下直推，并顺次点按脐下 3 寸的关元穴、脐下 4 寸的中极穴，反复操作1~3 分钟。

14. 擦少腹

以两手手掌并置于脐部，手指自然伸直，稍用力自上而下、由内而外，擦动少腹部 1~3 分钟。

腰背保健按摩法

在背部脊柱两侧，各有一特定的与五脏、六腑相通的腧穴，即背俞穴，在治疗、保健中极为常用。对腰背的相应部位、穴位施以一定的刺激，能够使经气旺盛，脏腑之气平衡，达到防病健身之目的。

腰背部按摩保健，是在腰背部的特定部位、穴位上施以特定的手法，通过松弛肌筋、舒筋通络、壮腰补肾，调和脏腑之气血，来达到防病治病目的。这种方法可以防治风湿性腰背痛、腰背肌劳损、腰椎间盘突出症、腰扭伤、类风湿性脊柱炎、头晕、头痛、腹痛、腹胀、嗳气、吐酸、呃逆、呕吐、肠鸣、心悸、健忘、食欲减退、烦躁不安、失眠等病症。

1. 掌推肩胛

受术者取坐位或卧位（以下同），术者位于其后，一手扶稳其肩部，并向后方扳动；另一手用掌根自第7颈椎下旁开2寸（肩中俞穴）沿肩胛脊柱缘向外下方斜推，至腋窝正中线为止。反复掌推10~15遍。操作时嘱受术者头向后仰，向前挺胸。在掌推至膏肓穴处时应着力推动。在肩胛上部掌推时，用力应较肩胛下部重。点按肩胛内缘。

2. 点按肩胛

术者以手指置于受术者肩胛内侧脊柱缘上方俞穴处，着力点按，并逐步沿肩胛内缘下移至肩胛下角内缘为止。反复操作3~5遍。点按动作应在受术者呼气时进行，操作时以局部有酸胀感为好。

3. 劈叩项背

术者双手指掌略分开，掌心相合，以小鱼际着力于受术者项背及两肩胛之间，纵掌劈叩，（图75）。操作动作要连贯，着力均匀，有节奏地进行劈叩。

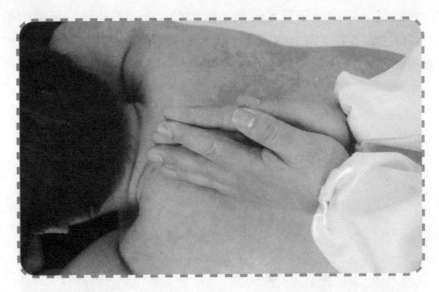

图 75

4. 推背部膀胱经

术者以两手拇指分置于受术者脊椎两侧第 1 胸椎下旁开 1.5 寸处，向下推至第 7 胸椎下旁开 1.5 寸的膈俞穴为止，反复操作 10~20 次。推动时两拇指用力须均匀而缓慢，以局部皮肤微红为度。

5. 直推脊柱

受术者俯卧（以下同），术者以手掌的大、小鱼际及掌心部位着力，自上而下沿脊柱反复直推 20~30 次。操作时脊柱上须涂以油剂或滑石粉等，以保护皮肤。用力要均匀，压力不可太重，频率为 30~60 次 / 分。

6. 点按脊柱

术者以拇指指端从受术者枕骨下方自上而下开始点按，每一棘突间隙点按 3~5 次，逐步按压至第 4 腰椎下腰阳关穴为止。点按背部时用力应较颈、腰部大。点按棘突间隙时，指端应与背部肌肉垂直。

7. 提拿脊背

术者以两拇指置于受术者脊柱一侧之内缘，其余四指置于脊柱侧肌肉之外侧缘，自背部上方第 1 胸椎下水平高度，从上向下拿提背部及腰部肌肉，直至腰骶部。反复操作 3~5 遍，可两侧交替进行。拿提时应将肌肉拿紧，向上提时应将肌肉提起。

8. 叠掌按脊

术者将一手掌置于受术者第 1 胸椎棘突上,再将另一手掌重叠其上,以脊柱为直线,自上向下逐个按压脊椎到第 5 腰椎(图 76)。按压时嘱受术者呼气,力量大小要适中,切忌使用暴力。

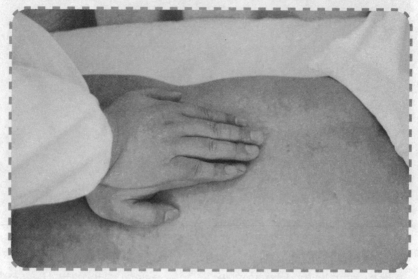

图 76

9. 点按背肋

术者以两手四指分置于受术者脊柱两侧肋间隙,自第 3 胸椎下水平高度,沿肋间隙逐步下移,直至第 12 胸椎。反复点按 3~10 分钟。点按时应嘱受术者呼气。

10. 分推背肋

术者以两手拇指分置于受术者脊柱两侧第 1 胸椎下水平高度,其余四指置于其两侧,自内向外下方,沿背部肋间隙分推至腋中线。反复操作 5~10 遍。脊柱两侧分推时着力宜稍重,稍近腋中线处时用力应逐渐减轻。

11. 推摩后背

术者以双手手掌着力,拇指分别按于受术者第 2 胸椎棘突旁,余四指分别附着于肩胛骨外上方。操作时以拇指用力为主,向下沿肩胛骨由内侧缘直推至脊肋角时,两手向外分摩。再沿肩胛骨外缘上升返回原位,做第二次推摩。反复操作 20~30 次。拇指在肩胛骨内缘推动时,应加大压力。

12. 拿腰肌

术者以两手分置于受术者腰部两侧,双手虎口卡置于两侧腰肋部肌肉，四指置第 11 肋下，拇指置于腰后第 12 肋端，着力拿提腰部肌肉 2~5 分钟（图 77）。拿提时拿法宜重，提法宜轻。

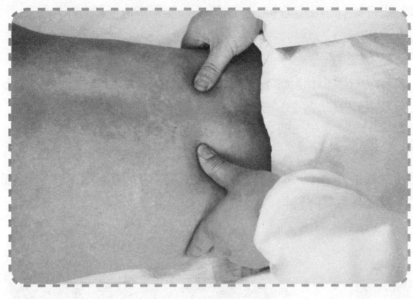

图 77

13. 揉命门、肾俞

术者将拇指端置于受术者第 2 腰椎下命门穴，食指、中指置于第 2 腰椎下旁开 1.5 寸的肾俞穴，着力按压和揉动 3~5 分钟（图 78）。

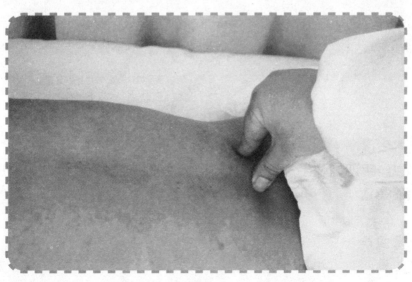

图 78

14. 分推腰骶

术者以双手手掌的掌根部或大鱼际为着力部位，分别自受术者腰椎棘突线开始，向两边分推，并逐渐下移至骶部。反复操作 5~8 分钟。

15. 掌擦膀胱经

术者以右手小鱼际掌侧面为着力点，在受术者脊柱两旁各 1.5 寸，从上而下来回擦动各 20~30 次，至局部皮肤潮红或有灼热感为止。

16. 桃擦腰骶

以掌根或小鱼际部着力在腰部来回擦动，并逐渐下移至骶部（图79），往返操作 3~5 分钟，以透热为度。

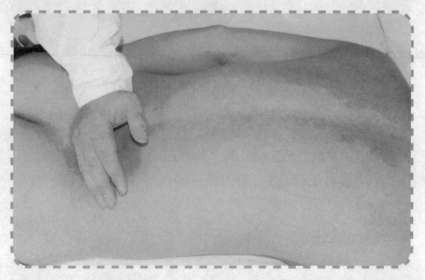

图 79

17. 推摩八髎

以一手四指及手掌置一侧骶部，反复推摩骶骨孔八髎穴 5~10 分钟（图80）。

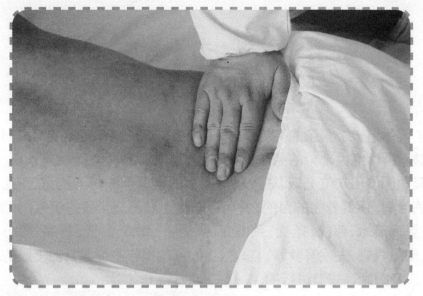

图 80

18. 轻揉长强

　　受术者取俯卧位,下肢及臀部自然放松。术者立其侧,以一手中指指端置于受术者尾骶骨端与肛门之间的长强穴处,微用力做轻缓的揉动3~5分钟。

上肢保健按摩法

人体是一个复杂的有机整体，上肢部是这一整体重要的组成部分。上肢承担着绝大部分的劳作，易于劳乏，需要不断地加强保健。在上肢的某些部位和穴位上施以按、揉等不同的推拿手法，可达到扶正祛邪、防病治病、保健养生的目的，并可以防治上肢部及全身的疾患，如肩周炎、颈肩麻木、疼痛、落枕、颈椎病、偏头痛、耳鸣、耳聋、胃痛、恶心、呕吐、胸闷气急、失眠多梦等。总之，上肢部的操作主要是针对上肢的肩、肘、腕及指间等关节进行的。

1. 点按肩髃

术者以拇指指端或螺纹面置于受术者肩关节上方肩髃穴处，其余四指固定肩关节，按 1~2 分钟（图 81）。再自上而下推至三角肌下缘处，反复推 10~15 次。

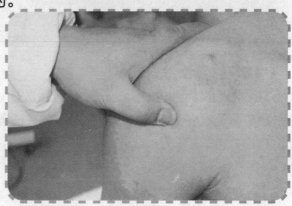

图 81

2. 捏拿腋襞

术者先以拇指掌侧置于受术者腋下，其余四指置于腋前襞，反复捏拿 1~2 分钟。再以拇指置于腋后肩贞穴处，其余四指置腋内下方，捏拿腋后襞肌肉 1~3 分钟（图 82）。

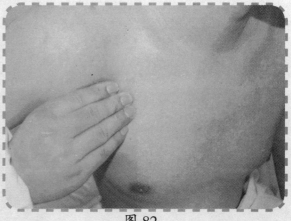

图 82

3. 捏上臂

用拇指与四指相对用力，自上而下反复捏拿上臂 1~3 分钟。

4. 推按后上臂

以拇指从腋后纹头自上而下推动，至肘尖上方的天井穴，再按揉 3~5 分钟。

5. 按曲池

用拇指指端或螺纹面置于肘部曲池穴，其余四指固定住肘部，拇指着力按揉曲池穴 1~3 分钟（图 83）。

图 83

6. 按揉内、外关

以拇指置于掌面腕横纹正中上 2 寸的内关穴处，其余四指置于腕背横纹正中上 2 寸的外关穴处，自上而下用力揉动，经内、外劳宫至中指指端，操作 1~2 分钟。然后再以拇指、食指分别置于前臂内、外关穴，相对用力挤按 20 次（图 84）。

图 84

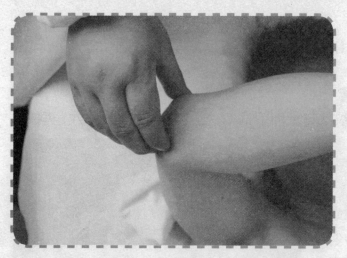

7. 弹拨少海

用中指或食指的指端着力于肘部尺骨鹰嘴与肱骨内侧髁之间的少海穴，并做由内而外的拨动3~5次（图85），以有酸麻感为度，忌用暴力。

图 85

8. 拿肩井

术者站立于受术者后背，以两手四指置于受术者锁骨上窝缺盆部，拇指指腹置于其两侧肩井穴，拇指与四指相对用力捏住肌肉，并向上提拿，2~3分钟（图86）。

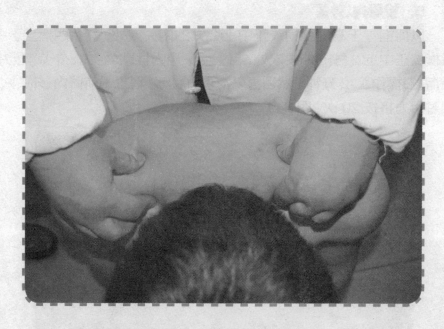

图 86

9. 推擦、捏拿虎口

以拇指自腕背的阳溪穴，向下沿 1~2 掌骨关节间隙经合谷穴，沿食指桡侧向下揉动至指端商阳穴，10~15 次。再以拇指置于合谷穴处，食指置于掌侧与拇指相对，拇、食指相对用力捏拿合谷穴 1~3 分钟（图87）。

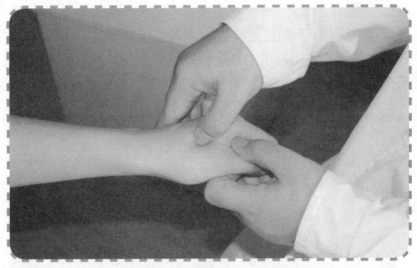

图 87

10. 擦肩周

受术者取坐位。术者立于其侧，一手托住其肘部，另一手贴附于其肩部三角肌下缘处，以大鱼际或掌根着力，自下而上推擦其肩周 1~3 分钟。

11. 擦上肢

受术者取坐位，上肢伸直。术者立于其侧，用一手握住受术者腕部并稍做牵伸，另一手五指自然分开置于其上肢部，以掌部着力自下而上推擦其上肢内、外侧 1~3 分钟。

12. 捻指

受术者取坐位，手指自然伸直。术者坐于其侧，以拇指与食、中指夹住受术者的手指，相对用力逐一捻动。然后再以食指和中指夹住受术者手指的桡、尺侧行拔伸动作，反复操作 3~5 分钟（图 88）。

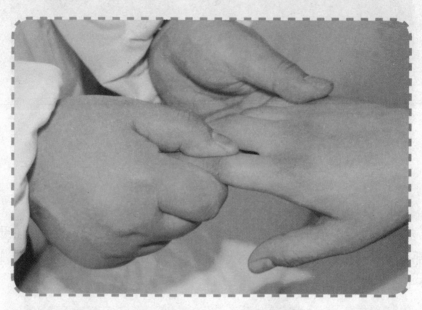

图 88

13. 搓上肢

受术者取坐位，上肢自然伸直。术者立于其侧，两手掌心相对置于受术者肩部，两手相对用力搓动，并逐渐自上而下，经上臂、肘关节至腕关节，反复操作 1~3 分钟。

14. 抖上肢

受术者取坐位，上肢伸直。术者立于其侧，用两手握住受术者的腕部，稍用力牵拉其上肢并做小幅度的上下抖动，1~2 分钟（图 89）。

图 89

15. 摇肩

受术者取坐位，肘关节微屈。术者立于其侧，以一手托住受术者肘关节，另一手按其肩部。托住肘关节的手按顺、逆时针方向各摇动10~20次（图90）。

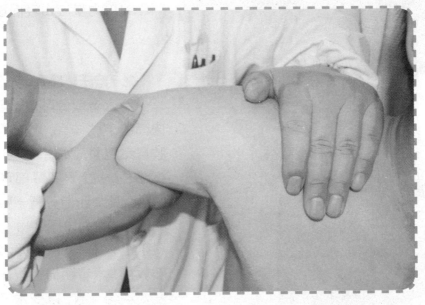

图 90

下肢保健按摩法

中医学认为：人体气血的运行、内脏与体表官窍的联络等，都凭借经络为其通道。通过在下肢施以不同的推拿手法，可以调和经气，以平衡一身之阴阳气血，达到防病保健、益寿延年之功效。

下肢部按摩保健，就是在下肢的特定部位、穴位上施以特定的推拿手法。通过下肢的按摩保健，可以防治腰腿疼痛、下肢疲劳、肌筋挛缩、关节疼痛、坐骨神经痛、梨状肌综合征、头痛、眩晕、颈项强痛、局部肌肉劳损和肌腱损伤、偏瘫以及下肢部麻木疼痛等。总之，下肢的按摩保健方法很多，其作用也相当广泛，便于家庭操作。

1. 按揉臀肌

受术者取侧卧或俯卧位，术者以掌根或肘尖部在其臀部由内而外，自上而下施以按揉法，操作3分钟（图91），力量应由轻而重。

图 91

2. 按压环跳穴

受术者取侧卧位，接触床面的下肢伸直，上面的下肢自然屈曲。术者以两手拇指掌侧对置于其臀部环跳穴处，其余四指分置于臀部的两侧，着力按压2~3分钟（图92）。操作时，受术者臀部放松，术者两拇指按压力度要均匀一致，以受术者能耐受为度。

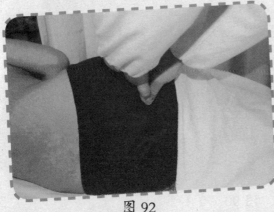

图 92

3. 弹拨梨状肌

受术者取俯卧位。术者以双手拇指指端置于受术者梨状肌一侧，稍用力按揉，然后做垂直方向的弹拨（图93），用力不宜过大，以局部酸胀为度，反复操作20次。

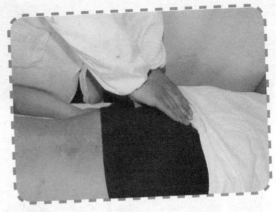

图 93

4. 摇髋

受术者仰卧，双下肢并拢屈起。术者先用两手紧握两足踝处，使受术者尽量将膝关节屈曲，再以一手掌部将其双膝下压，尽可能与腹部相近，然后向左或右做环形旋转摇动5~10次（图94）。屈膝下压时动作要缓慢，摇动幅度应由小而大。

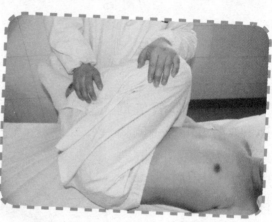

图 94

5. 揉捏股内侧

以两手四指置于大腿内上方，自上而下逐步下移。两手拇指与四指相对用力，以四指为主用力揉捏股内侧，至膝关节为止。反复操作5~8次。

6. 推股外侧

以两手拇指掌侧对置于臀部，自上向下经大腿外侧、膝关节外侧、小腿外侧到踝关节为止，反复推动5~8次。在穴位处可以配合点按法，其中膝关节外下方阳陵泉穴可以做弹拨法。

7. 揉髌骨

一手全掌贴置于膝关节髌骨上，稍用力下压并做顺、逆时针方向揉动，各20~50次。

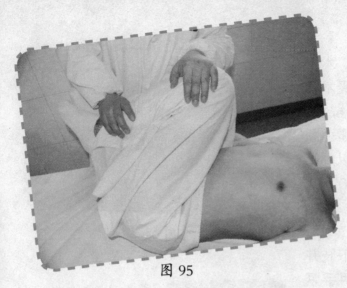

图 95

8. 按揉血海穴

用双手拇指分置于两膝关节髌骨内上方 2 寸的血海穴上，用力按揉 2~3 分钟（图 95）。用力应由轻而重，以局部酸胀为度。

9. 点按膝眼

将一手拇指与食指、中指对置于一侧膝关节的两膝眼处，同时用力向深层按压，并按揉 2~3 分钟（图 96）。可两侧同时进行。

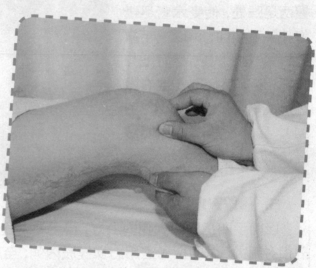

图 96

10. 搓膝关节

术者以两掌用力夹住受术者膝关节的两侧，并做相对用力的搓动 1 分钟左右。可以反复操作 2~3 次。两手用力要协调，接触要吸定。

11. 擦膝关节

术者以一手托住受术者膝部，另一手掌心贴附于其膝关节的内或外侧，并做上下的往返擦动 30~50 次。用力要均匀，操作时须暴露膝关节部位皮肤。可以用一些膏剂或滑石粉等，一方面可以防止擦破皮肤，另一方面可以增加透热程度。

延年益寿巧按摩

12. 按压、弹拨 窝(委中)

受术者取俯卧位，术者以拇指按压其腘窝委中穴，并做横向的弹拨动作（图97）。力度稍重，以能忍受为度。

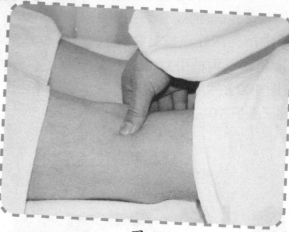

图 97

13. 按压、弹拨阳陵泉

受术者取仰卧位，小腿自然屈曲，术者以拇指点按其膝关节腓骨小头前下方阳陵泉穴，并做横向的弹拨动作（图98）。力度稍重，以能忍受为度。

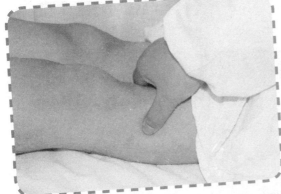

图 98

14. 按揉足三里

先用拇指向深层点压膝眼下3寸的足三里穴2~3分钟，然后再稍用力揉动30~50次（图99）。

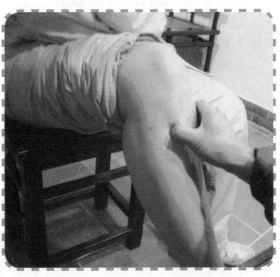

图 99

15. 按揉腓肠肌（承山）

受术者俯卧，术者用拇指或中指向深处点按其腓肠肌下承山穴，再稍用力浅层按揉（图100），然后向两侧分推小腿三头肌10~20次。

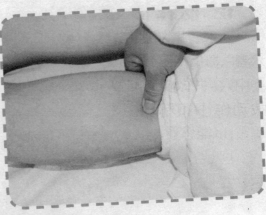

图 100

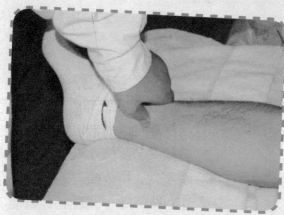

图 101

16. 按揉三阴交

以拇指用力在内踝上3寸三阴交穴按揉2~3分钟（图101）。动作要轻柔，用力要均匀。

17. 捏拿跟腱（昆仑、太溪）

受术者俯卧，术者用拇指与食指、中指对压在其足跟跟腱两侧，相对用力捏拿昆仑（外侧）、太溪（内侧）二穴3~5分钟（图102）。

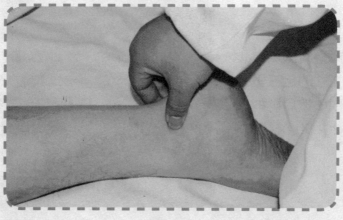

图 102

18. 推股后侧

受术者取俯卧位，术者以两手拇指对置于其臀横纹与大腿交界处（承扶穴），其余四指分置于大腿两侧，自上向下沿大腿后正中线推按，直至足踝。反复推动 5~10 遍。

19. 提拿足三阳

用双手拇指与其他四指相对用力，着力于大腿外侧。循下肢足三阳之经筋自上而下提拿，直至外踝、足背。往返操作 3~5 次。

20. 提拿足三阴

用双手拇指与其他四指相对用力，着力于小腿内侧，循下肢足三阴之经筋自下而上提拿，直至大腿根部。均匀用力，往返操作 3~5 次。

21. 点按太冲

以拇指分别置于足第 1、2 趾跖关节交界处前方的太冲穴，稍用力按压，并做缓慢的揉动 2~3 分钟（图 103）。

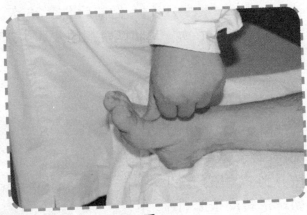

图 103

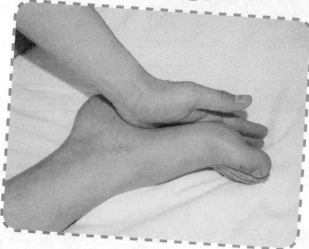

图 104

22. 搓擦涌泉

盘膝而坐，双手掌对搓发热后，一手固定足部，另一手指掌着力于足心涌泉穴，来回搓擦 50~100 次（图 104）。搓揉时要有一定的节奏感，不缓不急。往返摩擦至透热为度。

益肾固精按摩法

中医学认为：肾为先天之本，是人体生命的动力源泉。肾是人体中极为重要的脏器，其实体位于腰部，故有"腰为肾之府"之说。肾的主要功能是贮藏人体的精气，主管人体的生殖与发育。肾功能盛衰的状况可从骨骼、毛发、精神状态以及耳的听觉等表现出来。益肾固精按摩法可以加强和巩固肾脏功能，对一些与肾有关的病症有较好的防治作用。

1. 振双耳

先用双手掌按于耳上，做前后推擦 36 次。然后双手拇、食指捏住两耳垂，抖动 36 次。再将两食指插入耳孔，做数次快速的振颤后，猛然拔出，重复操作 18 次。

2. 摩肾俞

两手掌紧贴腰部肾俞穴，双手同时按从外向里的方向做环形转动按摩（图105），共转动 36 次（此为顺转，为补法。反之则为泻法。肾俞穴宜补不宜泻，转动时要注意顺逆）。如有肾虚、腰痛诸病，可以增加转动次数。

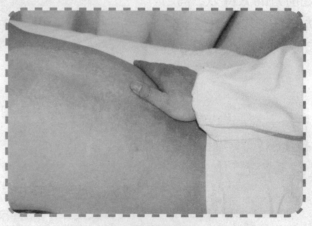

图 105

3. 揉命门

以两手的中指、无名指点按在第 2 腰椎下两肾俞之间的命门穴上，稍用力做环形的揉动，顺逆各 36 次。

4. 擦腰骶

以全掌或小鱼际着力,从腰部向下至尾骶部,快速来回擦动,以透热为度(图106)。

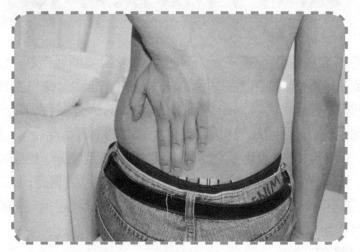

图 106

5. 摩关元

以脐下3寸关元穴为中心,用手掌做顺时针和逆时针方向摩动各36次。然后随呼吸向内向下按压关元2~3分钟。

6. 擦少腹

双手掌分置于两胁肋下,同时用力斜向少腹部,推擦至耻骨。往返操作,以透热为度。

7. 缩二阴

处于安静状态下,全身放松,采用顺腹式呼吸法(即吸气时腹部隆起,呼气时腹部收缩),并在呼气时稍用力收缩前后二阴,吸气时放松,重复72次。

8. 擦涌泉

用一手固定住足部,另一手的指掌面着力于足心涌泉穴,来回搓擦50~100次,以局部发热为度。

疏肝利胆按摩法

　　肝的主要生理功能是主疏泄和主藏血，能够调畅气机，使经气畅达，并促进各脏腑器官的生理活动发挥正常，推动全身气血津液的运行，增强脾胃的运化功能。如果肝的功能失常，人体各部分的气机活动就会受到阻碍，进而形成气机不畅、瘀阻郁结、肝阳上亢、肝火上炎等病理变化。肝的功能盛衰可从体表的筋及眼睛表现出来，也多反映在情志方面。若肝气充足，则筋强力壮，爪甲坚韧，眼睛明亮；反之则筋软驰缩，视物不清。经常施行疏肝利胆按摩法，对于肝胆范畴的病症有很好的防治作用。

1. 揉膻中

　　坐位或卧位，四指并拢置于两乳头连线中点之膻中穴，稍用力做顺时针、逆时针方向的揉动各 36 次（图 107）。

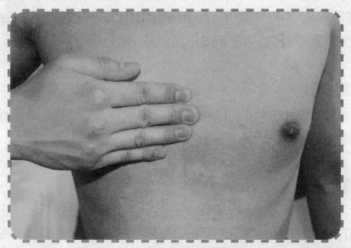

图 107

2. 疏肋间

　　受术者取坐位，术者从其背后将两手掌插入其两腋下，手指张开，指距与肋骨的间隙等宽。先用左掌向右分推至胸骨，再用右掌向左分推至胸骨，由上而下，交替分推至脐水平线，重复操作 9 次。手指应紧贴肋间，用力要稳且均匀，以肋间有温热感为度。

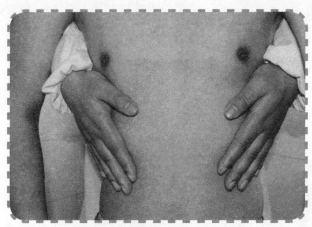

图108

3. 擦胁肋

坐位，两手五指并拢置于胸前平乳头，左手在上，右手在下，从胸前横向沿肋骨方向擦动并逐渐下移至浮肋。然后换右手在上，左手在下操作，以胁肋部有透热感为度（图108）。

4. 拨阳陵

坐位，两手拇指分别按置于两侧阳陵泉穴上，其余四指辅助。先行按揉该穴约1分钟，再用力横向弹拨该处肌腱3~5次，以局部酸麻且有放射感为度。

5. 掐太冲

坐位，用两手拇指的指尖置于两侧太冲穴上，稍用力按掐，以酸麻为度，约1分钟。再换用拇指的螺纹面轻揉该穴位。

6. 点章门

用两手的中指指尖分别置于侧腹部第11肋端的章门穴上，稍用力点按，约1分钟，以有酸麻感为度（图109）。

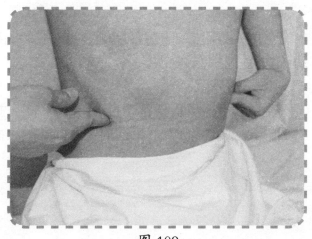

图109

7. 揉期门

坐位或卧位,用左手的掌根置于右侧乳头直下第 6 肋间的期门穴,用力做顺时针、逆时针方向揉动各 36 次。然后换右手操作左侧,动作相同(图 110)。

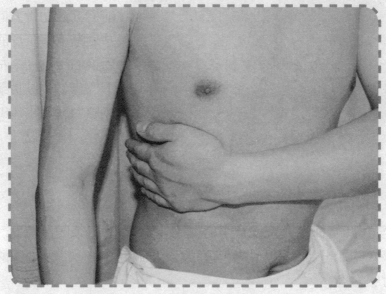

图 110

8. 擦少腹

坐或卧位,双手掌分置于两胁肋下,同时用力斜向少腹,推擦至耻骨,往返操作 36 次。

9. 拿腰肌

坐位,双手虎口卡置于两侧腰胁部肌肉,由上往下至髂部,捏拿腰胁肌肉,往返操作 36 次。

10. 运双目

坐位,端正凝视,头正腰直。两眼球先顺时针方向缓缓旋转 18 次,然后瞪大眼睛前视片刻,再逆时针方向如前法操作。

健脾益胃按摩法

脾为人体的后天之本，在消化、吸收、运输营养物质和促进水液代谢过程中发挥重要作用。脾还能统摄血液，使其不致溢出脉外，而这种统摄能力只有在脾运化健旺时才能正常发挥。脾功能的盛衰在体表可从四肢肌肉、口唇、口腔气味上表现出来。脾健时则营养充足，口唇红润有光泽。反之，则形体消瘦、肌肉痿软、口淡无味或有异味、唇色淡白无光泽。采用健脾益胃的按摩法，可对脾胃范畴的病症有良好的防治作用。

1. 荡胃脘

取仰卧位（以下同），两下肢屈曲，左右手相叠于胃脘部脐上4寸中脘穴上。采用顺腹式呼吸，呼气时用叠掌掌根向上推荡，吸气时放松，往返操作36次（图111）。

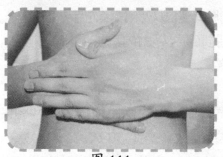

图 111

2. 按脘腹

手指并拢，四指放置于中脘穴上，采用顺腹式呼吸。吸气时稍用力下按，呼气时做轻柔的环形揉动，如此操作36次。

3. 摩脘腹

手掌置于中脘部，先按逆时针方向，范围从小到大，摩脘腹72圈。然后再按顺时针方向，范围从大到小，摩72圈。

4. 分推脘腹

两手掌置于剑突下，稍用力从内向外，沿肋弓向胁肋处分推，并逐渐向小腹移动。反复操作9次。

5. 揉天枢

用双手的食、中指同时按揉脐旁2寸天枢穴，顺时针、逆时针各操作36次。

6. 揉血海

两手分别置于大腿部，拇指点按于血海穴，做顺、逆时针方向的揉动各36次。

7. 按足三里

双手拇指或食、中指置于足三里穴位上，稍用力按揉，使局部有酸胀感，约3分钟。

宣肺通气按摩法

肺是体内外气体交换的场所。通过肺的呼吸，吸入自然界的清气，呼出体内的浊气，实现了体内气体和自然界气体的交换，保证了人体新陈代谢的正常运行。肺功能正常，人体呼吸、营养、水液代谢保持良好的状态；反之则出现呼吸不利、胸闷、咳喘，甚至水肿等病症。采用此按摩保健法，对肺系范畴的各种疾病有很好的防治作用。

1. 舒气会(膻中)
双手手掌相叠，置于两乳头连线中点的膻中穴，上下推擦36次。

2. 畅气机
坐位，先用右手虚掌置于右乳上方，适当用力拍击并逐渐横向左侧移动，来回操作18次。再以两手掌交叉紧贴两乳上下方，横向用力，往返擦动36次。最后两手掌虎口卡置于两胁下，由上沿腰侧向下至髂骨，来回推擦，以局部温热为度。

3. 振胸膺
坐位，先用右手从腋下捏拿左侧胸大肌9次，再换左手如法操作。然后双手十指交叉抱持于后枕部，双肘相平，尽力向后扩展。同时吸气，向前内收肘呼气，一呼一吸，操作9次。

4. 理三焦
坐位或卧位，两手四指交叉，横置于膻中穴，两掌根按置于两乳内侧，自上而下，稍用力推至脐下3寸关元穴处，操作36次。

5. 揉中府
坐位，两手掌交叉抱于胸前，用两手中指指端置于两侧的中府穴(胸部正中线旁开6寸，锁骨肩峰端下窝)，稍用力做顺时针、逆时针方向的揉动，各操作36次(图112)。

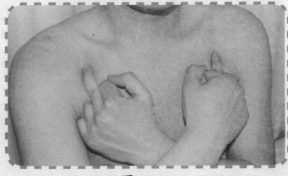

图112

延年益寿巧按摩

6. 勾天突

用中指或食指指尖置于胸骨柄上窝天突穴处,向下勾点,揉动约1分钟(图113)。

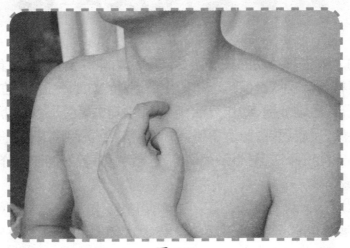

图 113

7. 疏肺经

坐位或立位,右掌先置于左乳上方,环摩至热后,以掌沿着肩前、上臂内侧前上方、前臂桡侧至腕、拇指和食指背侧(即肺经的循行路线),做往返推擦36次,然后换左手操作右侧。

8. 捏合谷

坐位,右手拇、食指相对捏,拿左侧合谷穴1分钟,然后换左手操作右侧。

9. 擦迎香

坐位,用双手大鱼际或中指指腹、食指桡侧缘,分别置于鼻旁迎香穴处,上下擦动,边擦边快速呼吸,以有热感为度。

宁心安神按摩法

心为人体生命活动的关键所在。心的功能健全，血液才能在脉管中正常运行，周流不息，保障正常的生命活动。如心气旺盛、血脉充盈，则精神振奋，思维敏捷，动作灵活，脉搏和缓有力，舌质淡红润泽。反之，则精神萎靡，反应迟钝，脉涩不畅，节律不整，舌质紫暗或苍白等。经常进行宁心安神按摩法，对心系范畴的各类疾病有较好的防治作用。

1. 摩前胸

右掌按置于两乳正中，指尖斜向前下方，先从左乳下环行推摩心区，再以掌根在前，沿右乳下环行推摩，如此连续呈"∞"（横8字）形，操作36次。

2. 振心脉

站立位，两足分开同肩宽，身体自然放松，两手掌自然伸开，以腰的转动带动肘臂运动，以肘部运动带动手运动，两臂一前一后自然甩动。到体前时，用手掌面拍击对侧胸前区；到体后时，以掌背拍击对侧背心区。初做时拍击力量宜轻，若无不适反应，力量可适当加重。每次拍击36次左右。

3. 勾极泉

先以右手四指置于左侧胸大肌处，用掌根稍做按揉，然后用虎口卡住腋前壁，以中指置于腋窝着正中极泉穴，稍用力用指端勾住该处筋经，并向外做拨动，使之产生酸麻放射感。操作9次，然后换手如法做右侧。

4. 捏中冲

以拇、食指挟持中指指尖的中冲穴，稍用力按捏数次，随之拔放。操作9次，左右交替。

5. 揉血海

坐位，两手分别按置于左、右膝关节髌骨上，用拇指点按内上方2寸血海穴1分钟左右，然后再施以轻柔缓和的揉法36次。

6. 拿心经

拇指置于腋下，其余四指置于上臂内上侧，边做拿捏，边做按揉，沿上臂内侧下缘（小指侧）渐次向下操作到掌面腕横纹。如此往返操作9次，再换手操作右侧。

7. 揉神门

坐位，用中指或食指按揉掌面腕横纹小指侧的神门穴1~2分钟，左右交替（图114）。

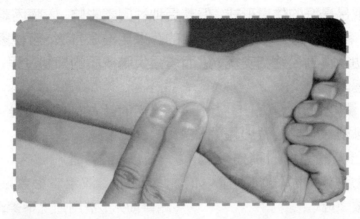

图114

8. 压内关

坐位，将拇指按压在内关穴位上，其余四指在腕背侧起辅助作用，拇指指端稍用力向上、下按压内关穴9次。左右交替（图115）。

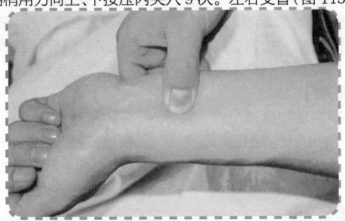

图115

9. 鸣天鼓

双手掌分按于两耳上，掌根向前，五指向后，以食、中、无名指叩击枕部3次，双手掌骤离耳部1次。如此重复操作9次。

10. 搅沧海

用舌头在口腔上、下以及牙龈内外，从左向右、从右向左各转9次，所产生津液分3口缓缓咽下。

镇静催眠按摩法

睡眠是最好的休息形式，但若受种种因素影响，入睡困难或者睡而易醒，都不能达到真正休息的目的。采用推拿方法，可使紧张亢奋的神经功能得到松弛和安抚，进而增强大脑皮质的抑制过程，促进入睡和熟睡。

1. 调呼吸

仰卧位或坐位，做缓慢的深吸气。当吸气完毕时稍作停顿，然后极力把体内的气体呼出。如此重复做 36 次。

2. 拿内关

坐位，将拇指置于内关穴上，其余四指在腕背部起辅助作用，稍用力拿捏 9 次。左右交替。

3. 揉神门

用拇指指端按揉神门穴，稍用力做顺、逆时针的操作各 36 次（见图 55）。左右交替。

4. 按足三里

以拇指用力按压足三里穴 1 分钟，使之有酸麻感。左右交替。

5. 揉三阴交

用两手的拇指分别置于两侧的三阴交穴位上，稍用力做顺时针、逆时针方向的按揉，各 1 分钟。

6. 擦腰骶

坐位，双手掌根紧贴于腰两侧肾俞穴，稍用力上下擦动，使局部有热感，并以透热为度。

7. 擦涌泉

坐位，盘腿屈膝，先用右手的掌根或小鱼际推擦左侧涌泉穴，然后换左手擦右足，均以透热为度。

8. 摩脘腹

卧位，将手掌贴附在胃脘部，做顺时针、逆时针方向的摩动，各 72 次。

9. 抹眼球

闭目，用两手中指分别横置于两眼球上缘，无名指分别置于眼球下缘，然后自内向外轻抹到眼角处，重复操作 36 次。

延年益寿巧按摩

养血荣目按摩法

眼睛是心灵的窗户，通过经络和脏腑相联系，眼肌的活动是受大脑皮质调节的。眼肌长期过度疲劳，可使调节能力逐渐下降，造成视力减退。轻柔的自我眼部推拿，有利于消除眼肌的疲劳，加速眼部的血液和淋巴循环，使眼部得到丰富的血液供养，也有利于代谢产物的排除。同时，对眼部的各种疾病也有很好的防治作用。

1. 提拿眉间（印堂）

以拇、食指置于眉间印堂穴处，将该处肌肉轻轻拿起，再向上用力提拿 9 次。

2. 指掐眼周穴

以食指指甲掐眼周的攒竹、睛明、四白、承泣、鱼腰、瞳子髎诸穴，每次掐揉 1 分钟。

3. 按揉太阳

以两手中指指端按压头部两侧太阳穴，顺时针及逆时针各揉动 36 次。

4. 指抹眼睑

以两手食指和中指分置于两眼上、下睑处，由内向外沿眼眶上、下缘抹动 36 次。

5. 温熨眼脉

将两掌心相对搓热后，趁热置于眼球上，慢慢下压，待眼球有微胀感时抬起，反复操作 12 次。

6. 推刮眉弓

以两手中指置于两眉头攒竹穴处，由内向外沿眉弓经鱼腰至眉梢丝竹空穴，反复推刮 24 次（图 116）。

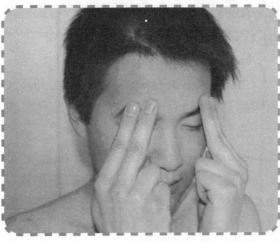

图 116

消除疲劳按摩法

疲劳的产生，有多种原因。过量的体力或脑力劳动可使身体产生一系列功能低下的症状。此时，采取柔和有效的推拿方法，可在加快血液流通、血液供应的基础上，消除疲劳，改善机体功能，使身体处于良好状态。

1. 振双耳

用两手掌按住两耳，稍用力做按揉，然后用力按压，稍停顿以后突然将两掌分开，重复操作 12 次。

2. 叩巅顶

坐位，两手十指微屈，用指端轻轻叩击头顶部，并逐渐移至后枕部。如此重复操作 36 次。

3. 运百会

坐位，闭目静息，单手食、中指指腹置于百会穴处，先顺时针按揉 36 次，再逆时针按揉 36 次。

4. 按后项、侧头

坐位，两手拇指按在枕后两侧凹陷处（风池穴），两小指各按在两侧太阳穴上，其余手指各散置在头部两侧。两手同时用力，按揉风池、太阳穴及两侧头部 1 分钟。

5. 推头面

坐位，两手掌心按住前额，稍用力向上推动，过头顶向下至颈后，沿颈侧翻过，然后沿两侧面颊向上推至额，来回操作 12 次。

6. 畅气机

坐位，先用右手掌虚置于右乳上方，适当用力拍击并横向往左侧移动，来回操作 9 次。再以两手掌交叉紧贴乳上下方，横向用力往返擦动 36 次。然后两手掌虎口卡置于两腋下，由上沿腰侧向下至髂骨，来回推擦，以热为度。

7. 叩腰脊

坐位或直立位,两手握空拳,用拳眼叩击腰脊两侧。尽可能从较高的部位开始,下至骶部。叩击时可配合弯腰动作,往返操作 36 次。

8. 勾委中

坐位,用两手的虎口卡置于膝关节的外侧,拇指置于膝关节上方,四指置于腘窝部,用中指的指端用力按揉委中 1 分钟,然后勾住该处的筋经向外侧拨动,重复操作 9 次。

9. 搓足脉

坐位,两下肢屈曲,双掌先扶持右大腿内、外侧,尽量从上向下搓动至小腿,最后下至足部,往返操作 9 次。然后换左侧如法进行操作。

10. 展胸腰

直立位,两手十指交叉同时翻掌,上撑至头顶最大限度,然后深吸气,同时身体随之后仰。呼气时上身前俯,并将交叉的双手下推至最低点。整个过程中膝关节须挺直,两脚应并拢并且要踏稳。重复操作9次。

振奋精神按摩法

体内代谢产物积聚，大脑皮质处于抑制状态，神经系统的兴奋性降低等，都可以采用推拿保健来加快血液、淋巴液的循环和新陈代谢。通过对机体末梢神经的刺激，能够提高神经系统的兴奋性。

1. 摇颈顶

坐位或站立位，身体正直，头颈向左后上方尽力摇转，眼看左后上方。然后即向对侧方向摇动，眼看右后上方。左右各摇 9 次。摇颈时动作要缓慢，转回时也要注意轻缓。

2. 梳头皮

坐位，两手五指指间关节微屈，五指指端附着在与手同侧的发际边缘，指尖同时用力，推压头皮，并逐渐移动，过头顶向颈后直到风池穴上，操作 9 次。

3. 分前额

坐位，两手食指掌屈，拇指按于太阳穴上，用屈曲食指的桡侧面对置于前额正中处，自内向外沿眉弓上方分推至眉梢处为止，重复操作 36 次。

4. 振百会

坐位，两目平视，牙齿咬紧，单掌掌根在头顶百会穴处做有节律的轻重适宜的拍击 12 次。

5. 按后枕

坐位，两手掌心按置于后枕部的两侧，拇指按于两侧风池穴上，其余四指自然分开散置于头的后侧部，同时四指指腹部用力，与拇指相对拿动头的后侧部，重复操作 36 次。

6. 揉太阳

坐位，用两手中指指端按于太阳穴位，稍用力做顺时针、逆时针方向的按揉 36 次。然后再用力向上、向后推挤太阳穴，使之局部有酸麻感。最后再以两手大鱼际轻柔地做 1 分钟的按揉。

7. 揉腰眼

仰卧,两手握拳,屈肘。将拳置于床与腰背之间,拳心贴床,以指掌关节突起处抵在腰脊两侧。先尽量屈肘上放,然后身体左右摇动,此时犹如被他人按揉。每揉动 9 次,逐渐将拳下移,操作至尾骶部。

8. 推上肢

坐位,右手掌紧按左手掌,然后用力沿左臂内侧上擦到肩,绕肩周后再由左臂外侧向下擦到手背。如此重复操作 9 次,再换手同法进行操作。

9. 拿下肢

坐位,双下肢平放床上,先以两手掌紧贴大腿根部前侧,一手拇指和其余四指相对,自上而下,用力捏拿按摩至小腿,以酸胀为宜。再以另一手捏拿按摩对侧大腿内侧肌肉,并向下至腓肠肌。操作 9 次后换腿进行。

晨起夜寝按摩法

早晨起床和晚上就寝前采取一系列按摩保健措施，可以消除疲劳、增强体质，有助于延年益寿。

1. 摩面

坐位或立位，双手相互搓热，然后双目微闭。先用双手四指反复分推前额，再以四指围绕眼眶反复画圈，最后双手轻轻由下往上按摩面颊。反复操作，以面部微微发热为佳。

2. 揉太阳

双目微闭，双手食、中、无名指指腹或掌根同时揉两侧太阳穴5~10遍。

3. 养眼

双手相互搓热，然后双目微闭，双手轻轻捂眼睛1~2分钟左右。将手拿开，睁开双眼，上下左右旋动眼球1分钟。再将双目紧闭，几秒钟后突然睁开，反复操作20~30次。最后，双目凝视前方（最好是绿树或其他绿色之物）1~2分钟。

4. 浴鼻

双目微闭，用中指或食指指腹从迎香穴擦至鼻根。反复操作5~10次，以鼻腔感觉舒适为度。

5. 鸣天鼓

双手掌将耳背对折盖住耳孔并捂住，食指叠加于中指上，然后食指忽然离开中指并用力弹敲头部，使耳朵内发出"咚咚"震动音，反复操作5~8次。最后再用手掌捂住耳孔，略加压力后突然放开，反复操作5~8次。

6. 叩齿、搅海、咽津

双目和嘴唇微闭，上下牙齿不停地相互叩击约50~100下。然后舌头在口腔内上下左右搅动，待有了一定数量的津液分泌后，反复做漱口状。最后将津液慢慢吞下。

7. 叩头

双手五指弯曲呈爪状，从头顶部开始，满头叩击头皮发根1~2分钟。

8. 擦项

将一手手掌紧贴后项部，上下左右来回摩擦，以局部微微发热为度。

延年益寿巧按摩

9. 揉风池穴

两手拇指指腹分别按住后枕骨下两侧凹陷中的风池穴，其余四指附在头部两侧（图 117），适当用力按揉 1~2 分钟。也可以单用中指，或食、中、无名指指腹同时按揉风池穴。

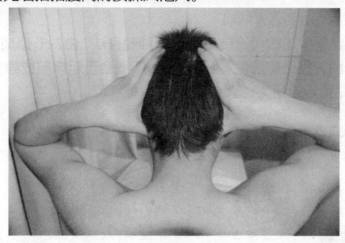

图 117

10. 干梳头

双手五指微屈呈爪状，放在同侧眉部上方，用适当力度从前额梳推至头后部，连续操作 8~10 次，以头皮微微发热为佳。

上述按摩方法最好能在清早起床前和晚上睡觉前各做 1 次。白天也可根据情况补做 1 次。

八段锦

八段锦是中国古代流传下来的一种健身法，由八节组成，有坐势和站势两种。坐势练法恬静，运动量小，适合于起床前或睡觉前在床上锻炼；站势运动量大，适合于白天在室外练习。

1. 坐式八段锦

口诀

闭目冥心坐，握固静思神；叩齿三十六，两手抱昆仑；
左右敲玉枕，二十四度闻；微摆撼天柱，动舌搅水津；
鼓漱三十六，津液满口生；一口分三咽，以意送脐轮；
闭气搓手热，背后摩精门；尽此一口气，意想体氤氲；
左右辘轳转，两脚放舒伸；翻掌向上托，弯腰攀足频；
以候口水至，再漱再吞津；如此三度毕，口水九次吞；
咽下汩汩响，百脉自调匀；任督慢运毕，意想气氤氲；
名为八段锦，子后午前行；勤行无间断，去病又强身。

练法

（1）宁神静坐：坐位盘腿，抬头竖颈，两目平视，松肩虚腋，腰脊正直，两手轻握，置于小腹前的大腿根部，静坐 3~5 分钟。

（2）手抱昆仑：牙齿轻叩二三十下，口水增多时即咽下。随后将两手交叉，自身体前方缓缓上起，经头顶上方，将两手掌心紧贴在后枕处。手抱枕骨向前用力，同时枕骨向后用力，使后头部肌肉产生一张一弛的运动。

（3）指敲玉枕：紧接上式，交叉的双手放开，分别紧贴双耳，两手四指相对紧贴于枕骨下。将食指搭于中指的上方，然后突然将食指滑下，以食指的弹力连续叩击后头部数十次，使两耳有"咚咚"之声。

（4）微摆天柱：头部略低，使头部肌肉保持相对紧张，将头向左右连续缓缓转动 20 次左右。

（5）手摩精门：自然深呼吸数次后闭息片刻，随后将两手搓热，以双手掌推摩两侧肾俞穴20次左右。

（6）左右辘轳：接上式，两手自腰部顺势移向前方，两脚平伸。手指分开，稍作屈曲。双手自肋部向上划弧如车轮形，象摇辘轳那样自后向前做数次运动。随后再按相反的方向做数次环形运动。

（7）托按攀足：接上式，双手十指交叉，掌心向上，双手用力作上托势。稍停片刻，翻转掌心朝前，双手作向前按推状。稍作停顿，松开交叉的双手，顺势做弯腰攀足的动作（两膝关节不能弯曲）。用双手攀双脚的涌泉穴数次。

（8）任督运转：正身端坐，鼓漱吞津，意守脐下丹田。以意引导内气从丹田顺着任脉向下，经生殖器、过会阴，再顺着督脉经腰背沿脊柱上行，至头顶，下前额，在嘴唇处又衔接任脉，再循任脉下行。

2.站式八段锦

口诀

双手托天理三焦，左右开弓似射雕；调理脾胃须单举，五劳七伤往后瞧；摇头摆尾去心火，两手攀足固肾腰；攒拳怒目增力气，背后七颠百病消。

练法

（1）双手托天理三焦：取站立势，两臂自然下垂，双脚自然分开与肩同宽，含胸收腹，腰脊放松，正头平视，口齿轻闭，宁神调息，气沉丹田。双手缓缓举至头顶，转掌心向上，反复用力作向上托举状，足跟随双手的托举而起落。托举数次后，双手转掌心朝下，沿体前缓缓按至小腹。

（2）左右开弓似射雕：自然站立，左脚向左侧横开一步，身体下蹲成骑马势，双手虚握于两髋之外侧，随后经胸前向上划弧至与乳房等高处。右手向后拉至与右乳等高（距乳房约两拳许），状如拉弓；左手捏剑状，向左侧伸出，顺势转头向左，视线通过左手食指凝视远方，犹如箭在弦上，等机而射。稍停顷刻，随即身体上起，顺势将两手向下划弧收回胸前，并同时收回左腿，还原成自然站立。此为左式，右式反之，反复调换练习十数次。

（3）调理脾胃须单举：自然站立，左手缓缓自身侧上举至头，翻转掌心向上，并向左外方用力托举，同时右手下按。举按数次后，左手沿体前缓缓下落，还原至体侧。改右手上举，左手下按。反复操作数次。

（4）五劳七伤往后瞧：自然站立，双脚自然分开与肩同宽，双手自然下垂，宁神调息，气沉丹田。头部微微向左转动，两眼目视左后方。稍作停顿后，头部缓缓转正，再缓缓转向右侧，目视右后方，稍作停顿，再转正。反复练习十数次。

（5）摇头摆尾去心火：双脚自然分开，双膝下蹲成"马步"。两目平视，身体稍向前探，双手反按在膝盖上，双肘外撑。以腰为轴，头身端正，将躯干划弧摇转至左前方，左臂弯曲，右臂绷直，肘臂外撑，头与左膝成一垂线，臀部向右下方撑劲，目视右足尖。稍作停顿后，随即向相反方向，划弧摇至右前方。反复十数次。

（6）两手攀足固肾腰：轻松站立，双脚自然分开与肩同宽，两臂平举，自体侧缓缓抬起至头顶上方，转掌心朝上，向上用力作托举状。稍作停顿，两腿绷直，以腰为轴，身体前俯，双手顺势攀足。再稍作停顿，将身体缓缓直起，双手右势起于头顶之上，两臂伸直，掌心向前，再由身体两侧缓缓下落于体侧。

（7）攒拳怒目增力气：双脚横开，两膝下蹲，呈"马步"。双手握拳，拳眼向下。左拳向前方击出，顺势头稍向左转，两眼通过左拳凝视远方。右拳同时后拉，与左拳出击形成一种"争力"。随后收回左拳，击出右拳，要领同前。反复十数次。

（8）背后七颠百病消：双脚并拢，两腿直立，身体放松，两手臂自然下垂，手指并拢，掌指向前。双手平掌下按，顺势将两脚跟向上提起。稍作停顿，将两脚跟下落着地。反复练习十数次。

双手托天理三焦

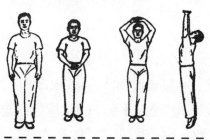

左右开弓似射雕

调理脾胃须单举

五劳七伤往后瞧

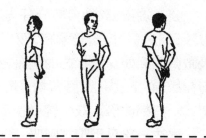

摇头摆尾去心火

两手攀足固肾腰

攒拳怒目增力气

背后七颠百病消

六字诀

　　每个动作之前都要先做好预备式，这是整套练习的基本动作，即松、静、自然。松是指全身肌肉、关节放松，但松而不懈。静是排除杂念，情绪安定。自然是指呼吸和动作不刻意、不死板、不憋气，动作轻松舒适、自然大方。

　　姿态端正，双脚自然分开与肩同宽，两膝放松似屈非屈，含胸拔背，虚腋，沉肩垂肘，松腰塌胯，双目平视，屏住呼吸体会脉搏之跳动，待呼吸微微绵绵如安睡状态时再开始练习。当放松之时，心中默念：头脑松、肩背松、心空、腹松、腰背松、臀部松、大腿松、两膝松、足部松、五趾松、两臂十指都放松。双手轻微摆动，松弛如肉之欲坠。

　　本法一律采用腹式呼吸，即吸气时引自然之清气进入肺中，胸部扩张压迫横膈膜下降，则小腹自然隆起。先吐后纳，以念字呼气为吐。呼气时开口读字，用提肛收腹之力压出各脏腑之浊气。初练时为了调整口型，可能会发声较大，待把口型练熟能调动内气时，则呼气读字诀，吐气如微风习习不使耳闻。待浊气全部吐尽，则两唇轻闭，舌抵上腭，用鼻吸入清新之空气。横膈膜随吸气之势向下扩张，小腹隆起。吸气尽可用一个短呼吸稍作休息，再做第二次呼气读字。每个字连做6次后，做1次调息。

　　练六字诀，呼气、吸气均任其自然，只用吐浊纳清调整气机，通任督二脉。

1.″嘘″字诀

　　（1）发音：音″需″（xu），阴平，读″希郁″。

　　（2）口型：两唇微合，似有横绷之力，舌尖向前伸，舌的两边向中间微微卷起。

　　（3）动作：双手重叠于小腹上（一般是左手在下，右手在上），内外劳宫相对，以大鱼际压在肚脐上，劳宫穴对准下丹田。两眼尽力睁大，并内视肝区，开始呼气读"嘘"字。呼气尽，自然吸气，做一个短呼吸稍作休息，再呼气并读"嘘"字。共呼6次为一遍。

（4）调息：做完一遍后进行1次调息。两臂从两侧前方自然提起，手背朝上，肩部放松自然下垂，肘、腕两关节放松而自然弯曲，两手高不过肩。然后臂外旋翻掌，使手心朝上，两臂向前划弧合拢，指尖相对但不接触，手心朝下，徐徐向胸部膻中、脐下丹田送气。

（5）意念：以意领气。肝经之脉气起于足大趾外侧端（大敦），经第1、2跖骨之间（太冲）至内踝前（中封），沿小腿内侧前缘上行，在踝上8寸交足太阴之后，过膝（曲泉），沿大腿内侧正中上行，至腹股沟，绕阴器，循腹侧，经第11肋端（章门），终于乳下两肋（期门）。体内支脉从腹股沟入腹，贯通任脉，挟胃、属肝、络胆、贯膈注肺，经咽喉上行，贯面颊、绕口唇、注目交巅。支脉从肝分出，在中焦胃脘部交手太阴肺经。

（6）适应证："嘘"字功对肝病有一定的保健治疗作用。

2. "呵"字诀

（1）发音：音"科"（ke），阴平，读"科鹅"。

（2）口型：口半开，舌抵下腭，舌边触到整个下腭，腮用力。

（3）动作：双上肢从身体两侧自然抬起，肩松而自然下垂，腕、肘两关节放松自然弯屈，两手高不过肩，然后翻掌使手心朝上，两臂向身面划弧合拢，指尖相对但不接触。再将手心朝下，徐徐向膻中、上丹田顺气。两手下落的同时，开始呼气并发"呵"字音，呼气尽再吸气。稍作休息，待横隔膜下降，小腹自然隆起，做第二次动作。共呼6次为一遍。

（4）调息：同"嘘"字诀。

（5）意念：以意领气。心经之脉气起于心中，属于心系，分3支而行：一支下行，贯膈，络小肠；另一支沿食管上行，贯面颊，联络目系；第一支上肺，横出腋窝（极泉），沿上肢内侧后缘下行，过肘（少海），达腕（神门），经4、5掌骨之间（少府），终于小指内侧端（少冲），交手太阳小肠经。

（6）适应证："呵"字功对心病有一定的保健治疗作用。

3. 呼字诀

（1）发音：音"呼"（hu），阴平，读"喝乌"。

（2）口型：撮口为管状，舌放平用力前伸，微向上卷。

（3）动作：右手继续上提至膻中穴，两手内旋，翻掌手心向下。右手继续翻转，往外向上托起，同时左手下按。右手上找左手下按之时，开始呼气并读"呼"字，右手托至额前上方，左手下按至左胯旁，呼气尽。随即右手外旋，使手心朝面部，从面前徐徐落下。同时左手外旋，使手心朝身体一侧，沿腹胸上举，两手在胸前重叠，右手在外，左手在里，内外劳宫穴相对，然后左手上托，右手下接，做第二次呼气并读"呼"字。共做6次呼气为一遍。

（4）调息：同"嘘"字诀。

（5）意念：以意领气。脾经之脉起于大趾内侧端（隐白），经趾跖赤白肉际，至内踝前（商丘），沿小腿内侧正中上行，在踝上8寸交足厥阴之前，过膝（阴陵泉），循大腿内侧前缘上行，入腹，贯通任脉，属脾、络胃、贯膈，经咽喉，系于舌本。体表主干经腹部（距任脉4寸）、胸部（距任脉6寸），散于胁下（大包）。支脉从胃分出，贯膈，注心中，交手少阴心经。

（6）适应证："呼"字功对脾胃病有一定的保健治疗作用。

4. "呬"字诀

（1）发音：音"四"（sī），读四。

（2）口型：两唇微向后收，上下齿相合而不接触，舌尖插于上下齿之缝隙，微出，让气从口两侧边角呼出。

（3）动作：两臂循肺经之道路，两手心朝上，由腹前上提成托球状至肚脐上，到膻中处两手掌翻转，手心向外向前，同时向左右展臂推掌如鸟之张翼。展臂推掌的同时开始呼气并读"四"字，呼气尽，两臂随吸气之势从两侧自然下落。稍作休息，然后再提起，按上述要领做第二次，呼气读字。共做6次为一遍。

（4）调息：同"嘘"字诀。

（5）意念：以意领气。肺经之脉起于中焦，下络大肠，环循胃口，贯膈属肺。从肺系横出肩前腋上（云门、中府），沿上肢内侧前缘下行，过肘（尺泽）、达腕（太渊），经鱼际（鱼际），终于拇指内侧端（少商）。支脉从腕上（列缺）分出，至食指内侧端，交手阳明大肠经。

（6）适应证："呬"字功对肺病有一定的保健治疗作用。

5. "吹"字诀

（1）发音：音"炊"（chui），阴平，读"痴威"。

（2）口型：口微张，两嘴角稍向后咧劲，舌微向上翘，微上后收。稍有前挺之劲。

（3）动作：随吸气之势，两臂从自然姿势由肾俞上提，经肾经之俞府，指尖朝下，两手提至胸前，随即向上向前划圆弧，撑圆，两手指尖相对，在胸前成抱球状。呼气并读"吹"字，同时屈膝下蹲，抱球下落，身体尽力保持正直，膝关节垂直不超过足尖，提肛缩肾，小腹尽量后收，臀部上提。动作幅度根据个人体质不要勉强，所谓顺其自然，率性为本，不强人所难。年轻筋柔者能抱膝，年老体弱、筋肌僵硬者，抱至小腹呼气尽，即可随吸气之势而起立。呼气尽，随吸气之势两臂自然下垂于身体两侧，徐徐而起立。吸气尽，身体立直如预备式，稍作休息，再按上述要领做第二次呼气。共呼6次为一遍。

（4）调息：同"嘘"字诀。

（5）意念：以意领气。肾经之脉起于足小趾之下，斜走足心（涌泉），绕内踝后（太溪），沿下肢内侧后缘上行，过膝（阴谷），入腹，贯通任、督二脉，属肾、络膀胱。体表主干经腹部（距任脉旁开0.5寸）、胸部（距任脉旁开2寸），至锁骨下缘（俞府）。支脉由肾分出，经肝、贯膈，入肺，沿咽喉，系于舌本。又从肺分出一支流注胸中，交手厥阴心包经。

（6）适应证："吹"字功对肾病有一定的保健治疗作用。

6. "嘻"字诀

（1）发音：音"嘻"（xi），阴平，读"希衣"。

（2）口型：两唇微启，微向里叩，舌平伸，舌尖向下，两边微有缩意，上下齿相对但不闭合。

（3）动作：随吸气之势，两臂从腹前上提，两手心朝上，指尖相对应，直至两手到膻中穴，然后两手内旋翻掌使手向外，吸气尽。呼气时，读"嘻"字，两手心向上托直至头部前方，呼气尽。随即两手内旋使手心朝向面部，指尖向上，经面部前自然下落，至膻中穴时指尖转向下，两手自然下垂，经过胆经之日月穴，由身体两侧引少阳之气至四趾尖端之足窍阴。按上述要领共呼气 6 次为一遍。

　　注：高血压患者，双手不宜过头，上托时稍快，下落时稍慢，意想足窍阴穴。

　　（4）调息：同"嘘"字诀。

　　（5）意念：以意领气。三焦之脉起于无名指外侧端（关冲），经手背 4、5 掌骨之间（中渚），达腕（阳池），沿上肢外侧正中，过肘（天井），抵肩（肩髎），会于大椎，转入缺盆。一支入胸中，络心包，从胸至腹属于三焦；另一支经颈侧上行，绕耳后（翳风），下耳前（耳门），至眉梢（丝竹空），交足少阳胆经。

　　（6）适应证："嘻"字功对三焦病有一定的保健治疗作用。

疾病防治篇

感冒

感冒，即急性上呼吸道感染，以鼻咽部症状为主要表现，如鼻塞、流涕、打喷嚏，也可伴有咳嗽、咽痛、头痛、畏寒、发热等。多发于冬、春季节，如无并发症，一般 5~7 天可自愈。感冒发病率高，而且具有一定的传染性，有时会引发局部地区流行，应积极防治。

【按摩治法】

图 118

（1）患者取坐位，由自己或他人用双手拇指交替从两眉头之间的印堂穴推至神庭（前发际正中上 5 分），操作 6~9 遍。再从印堂分推前额至两侧的太阳穴，操作 6~9 遍（图 118）。指揉双侧太阳穴。

（2）按揉鼻旁迎香穴，使鼻部有通气感，然后以中指推擦两侧鼻翼，至发热为度（图 119）。

图 119

延年益寿巧按摩

（3）从前发际开始拿揉到后枕下风池穴（枕骨下两旁凹陷中），（图120），再向下捏拿颈项部6~9遍，以患者有酸胀感为度。

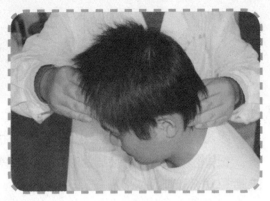

图 120

图 121

（4）用力推第7颈椎下大椎穴（图121）及背部脊柱两侧。拇指按揉大杼（第1胸椎下旁开1.5寸）、风门（第2胸椎下旁开1.5寸）、肺俞（第3胸椎下旁开1.5寸）。提拿肩井（大椎与肩峰连线中点），以局部酸胀为度，微微出汗为佳。

（5）按揉肘部曲池穴、虎口间合谷穴约1分钟。最后搓抖上肢，从肩至腕部，反复操作3~6遍。

【健康提示】

（1）平时注意耐寒锻炼，从夏季开始即坚持用冷水洗脸，增强鼻腔对低温、寒凉的适应能力。

（2）流行性感冒症状较重，应配合针灸、药物同时治疗，方能收到较好的治疗效果。

疾病防治篇

咳 嗽

咳嗽是呼吸道十分常见的临床症状，可见于支气管炎、肺炎等疾病。长期反复咳嗽还会导致胸痛、心慌等。早期配合按摩治疗，可以使咳嗽早日痊愈。

【按摩治法】

（1）患者正坐或仰卧，术者两手拇指分别按揉其肺门穴（胸部正中线旁开1寸，与胸骨柄、体结合部相平），以有酸胀感为度（图122）。同时用中指或拇指、食指抠压胸骨柄上窝的天突穴（图123）约1分钟。然后双手掌重叠，用掌根着力于膻中穴（两乳头连线中点），缓慢揉动约半分钟。接着双手仍重叠，从膻中到胸骨剑突向下用擦法操作约30次。

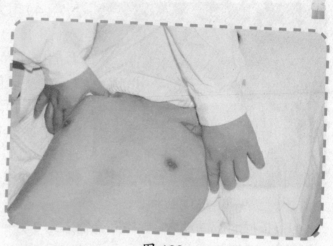

图 122

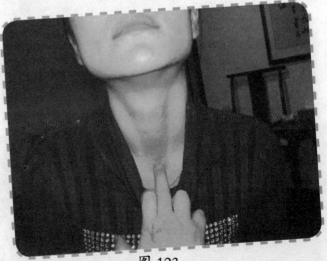

图 123

延年益寿巧按摩

（2）术者用拇指点按胸部两则锁骨外下方中府穴1分钟。然后再指掐大椎穴（患者可以将上肢向后，用中指自行操作），约1分钟。

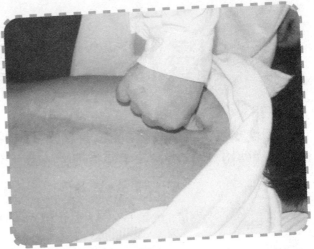

图 124

（3）患者正坐或俯卧，他人用擦法施于其脊背两侧约2分钟。用一指禅手法推按大椎、身柱（第3胸椎下，图124）、风门、肺俞，每穴1~2分钟，以酸胀为度。

（4）如果伴有头痛、轻度恶寒或发热时，可用拇指用力点按合谷穴，并按揉腕上列缺穴（图125），各1分钟。

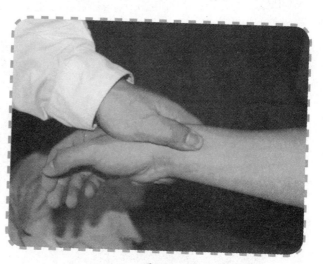

图 125

【健康提示】

病期宜清淡饮食，少盐、少糖。多喝水。忌吃生冷、酸辣、鱼虾等食物，不食或少食油煎食品。

疾病防治篇

慢性支气管炎

慢性支气管炎是气管、支气管黏膜及周围组织的慢性非特异性炎症，发病缓慢，病程较长。主要表现为咳嗽、痰多、喘息，寒冷季节病情加重。

【按摩治法】

（1）患者仰卧，术者在其两乳间的膻中穴（图126）、中府穴、中脘穴（脐上4寸）行一指禅推法，以得气为度。

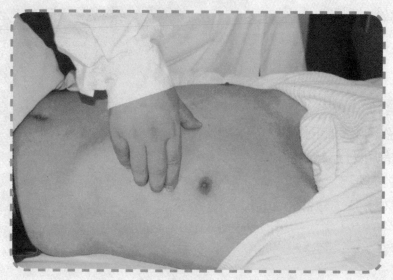

图 126

（2）患者取坐位或俯卧，术者先拿捏其风池、天柱穴（后发际正中旁开1.3寸）2~3次，再用捏法在大椎穴来回搓动，以局部温热为度。

（3）由他人经常代为按揉后背风门（第2胸椎下旁开1.5寸）、肺俞穴（图127）、脾俞（第11胸椎下旁开1.5寸，图128），手法由轻到重、快速轻柔。每穴操作1分钟。

延年益寿巧按摩

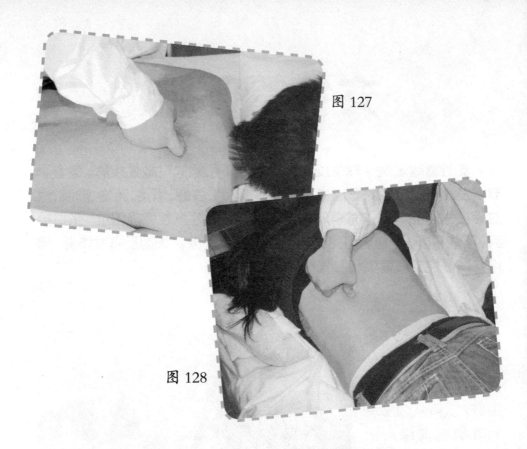

图 127

图 128

（4）以轻快柔和的手法按揉太渊（腕横纹拇指侧凹陷中）合谷、列缺等穴，每穴 1 分钟左右，以得气为度。

【健康提示】

（1）按摩对本病治疗效果满意。但本病病程较长，若患者体质较差则取效较慢，要有恒心、决心和信心，并注意巩固疗效及综合治疗。

（2）保持居住与工作场所的空气清新，积极预防感冒等各种呼吸道疾病。

（3）适当进行太极拳或快走、慢跑等体育锻炼，增强体质，提高耐寒能力。

（4）饮食要清淡，不吃或少吃肥甘油腻及辛辣食物，戒除烟酒。

支气管哮喘

支气管哮喘是一种免疫防卫功能低下引起的过敏性疾病，冬春季节多发。常见过敏源有植物花粉、动物皮毛、鱼虾、酒类、药物、油漆、汽油等日常用品。发作时表现为伴有哮鸣音的呼气性呼吸困难，张口抬肩，不能平卧，严重者可见口唇紫绀的缺氧现象。长期反复发作者，常可并发慢性支气管炎和肺气肿。

【按摩治法】

（1）患者取坐位或仰卧，术者先点按其胸骨柄上窝天突、中府穴，再从颈部胸锁乳突肌前缘自上而下推桥弓（即锁骨上窝缺盆穴，图129）20~30次。先做一侧，再做另一侧。

图 129

（2）患者仰卧，术者用一指禅推法从其天突穴至肚脐，重点指压天突、膻中、中脘等穴。横擦前胸部，从锁骨下缘开始到第12肋2~3遍。

（3）患者俯卧，沿脊柱直擦大椎穴到腰骶部2~3遍。用一指禅手法推按大椎、定喘（大椎穴旁开0.5~1寸）、肺俞、脾俞（第11胸椎下旁开1.5寸）、肾俞穴（第2腰椎下旁开1.5寸），每穴1~2分钟，以酸胀为度。

（4）患者取坐位或卧位，术者直擦其上肢的内外侧，以透热为度。再从肩部到腕部拿上肢，理手指，搓、抖上肢。

延年益寿巧按摩

（5）经常按揉足三里（外膝眼直下3寸）、丰隆穴（外膝眼与足外踝连线中点，图130），以酸胀为度。

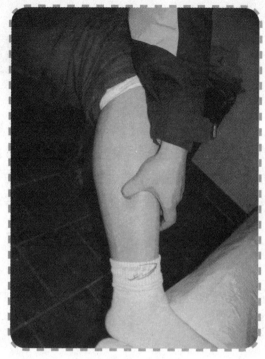

图 130

【健康提示】

（1）支气管哮喘一般病程较长，反复发作，顽固难愈。按摩疗法对轻、中度哮喘疗效较好，有宣肺平喘、利气化痰之效。重型哮喘合并感染者，应配合药物及其他方法治疗，防止病情恶化。

（2）患者可进行自我按摩和足部按摩。

（3）鼓励患者开展太极拳等锻炼活动，增强体质，提高耐寒能力。

（4）饮食搭配合理，避免过食肥甘油腻及酸辣、海鲜等食物，力戒烟酒。

（5）患者应注意尽量避免接触各种已知的过敏源。

肺气肿

　　肺气肿是指肺泡（包括肺泡管、肺泡囊）持久性扩大并伴有肺泡壁破坏的病症，多由长期吸烟、空气污染、矽肺、慢性支气管炎等造成。早期肺气肿可无明显不适，随着病情的加重可出现反复咳嗽、咯痰、胸闷，气短、气促、活动后呼吸困难等症状，寒冷季节加重。

【按摩治法】

　　（1）患者仰卧，术者用两手拇指分抹法沿其肋间隙自上而下、由内往外施术5~8遍。然后用中指揉天突、中府、膻中、中脘等穴，每穴约1分钟。

　　（2）患者俯卧，术者坐其一侧。用轻快的一指禅推法或按揉法分别施治于其风门、定喘、肺俞、膈俞（第7胸椎下旁开1.5寸）、脾俞、肾俞穴，每穴约1分钟。然后用小鱼际擦背部脊柱两侧，沿命门（第2腰椎下）、肾俞横擦腰骶（图131），以透热为度。最后用虚掌自上而下拍打背部3~5遍。

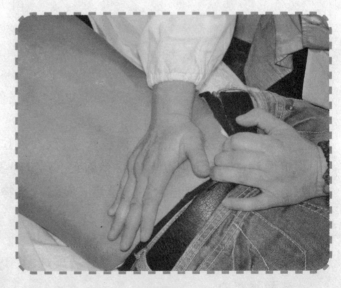

图131

（3）用拇指经常按揉两侧上肢的尺泽（肘横纹正中靠拇指一侧）、孔最穴（尺泽穴直下5寸），每穴约1分钟。

（4）患者取坐位，术者先在其面部用两手拇指由印堂穴向上抹至神庭穴50次；再由眉头沿眉梢分抹50次；接着按揉太阳穴50次；然后从颈项两侧胸锁乳突肌前缘抹至桥弓穴约20次；最后拿两侧风池、肩井穴各3~5次。

【健康提示】

（1）避免诱发因素，防止烟尘等刺激性物质的吸入。

（2）防寒保暖，预防感冒。

（3）注意休息，避免疲劳。

（4）饮食要富于营养，以高热量、高蛋白、高维生素食物为主。不吃易产气的食品，防止腹胀、便秘影响呼吸。

（5）适当进行户外锻炼，不断提高身体素质，增强抗病能力。

高血压

高血压以血压升高为主要临床指标，即收缩压≥140mmHg和（或）舒张压≥90mmHg。高血压是多种心、脑血管疾病的重要病因和危险因素。常见症状有头晕、头痛、面红目赤、心悸、情绪急躁等，紧张或劳累后加重。

【按摩治法】

（1）用一指禅推法从印堂穴直线向上至发际，往返操作4~5次。由印堂沿眉弓至太阳穴，往返操作4~5次。从印堂穴逐渐下移，经一侧睛明，绕眼眶施术，每侧3~4次，两侧交替进行。再用揉法从一侧太阳穴经前额至另一侧太阳穴，往返操作3~4次。然后用抹法在前额及面部施术。

（2）在头部自前上方向后下方，用扫散法摩擦头皮，每侧约20~30次（图132）。

（3）沿颈侧胸锁乳突肌自上而下推桥弓，先左后右，每侧约1分钟（图133）。

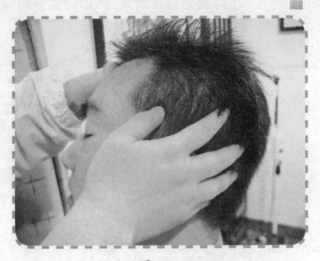

图 132

图 133

（4）在腹部按顺时针方向摩腹，配合重点按揉中脘、神阙、关元等穴，约10分钟。

（5）在头顶部自上而下用五指拿法，至后项部改用拇、食、中三指拿法，其间重点按拿百会、风池。再沿颈椎两侧拿至大椎穴两侧，用大小鱼际在背部横擦至腰部命门、肾俞一线，以透热为度。

（6）上肢点按肘关节部曲池穴（图134），下肢按压三阴交（足内踝高点上3寸）、涌泉穴（图135），以透热为度。

图134　　　　　　　　　图135

【健康提示】

（1）合理膳食，限制脂肪和盐的摄入量。

（2）适量运动，如散步、打太极拳等。

（3）保持心理平衡，避免情绪激动和过度紧张。

低血压

低血压是指动脉压低于正常的状态，一般认为成年人血压低于90/60 mmHg 即为低血压。绝大多数低血压患者（尤其与遗传或体质有关的慢性低血压患者）在临床上并无任何不适 或仅有头晕、困倦、乏力等非特异性症状。少数（血压急剧下降者）出现以脑供血不足为主的临床症状，如头晕、眼花 肢软，甚至可以出现晕厥或休克。

【按摩治法】

图 136

（1）患者取坐位，术者用一指禅推法，从印堂穴直线向上到发际，往返操作 4~5 次。再沿眉弓至太阳穴，往返操作 4~5 次。然后从印堂穴向下到一侧睛明穴，绕眼眶。两侧交替进行，每侧 3~4 次（图 136）。

（2）用揉法在额部施术，从一侧太阳穴至另一侧太阳穴，往返操作 3~4 次。然后用抹法在前额及面部施术。

（3）用扫散法在侧头部摩擦头部，每侧约 20~30 次。在头顶部从上到下采用五指拿法，至后项部改用拇、食、中三指拿法。再沿颈椎两侧拿至大椎穴两侧。重复操作 3~4 次，其间重点按拿风池。

（4）在腹部按顺时针方向摩腹（图 137），配合按揉膻中、中脘、脐中、关元等穴，约 10 分钟左右。

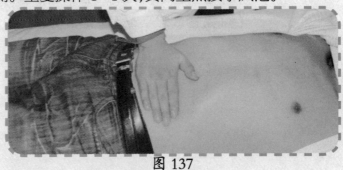

图 137

延年益寿巧按摩

（5）横擦背部心俞、脾俞，腰部命门、肾俞（图138），以局部温热为度。

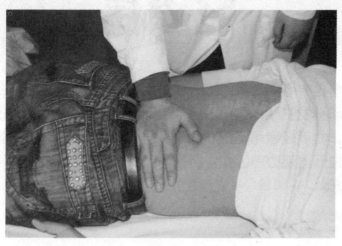

图138

（6）经常按揉下肢血海、足三里、三阴交等穴。直擦足心涌泉穴，以局部温热为度。

【健康提示】

（1）引致低血压的病因很多，常继发于心血管、内分泌、神经系统等疾病。按摩可暂时缓解症状，同时应注意原发病的治疗。

（2）饮食要有营养，易于消化。可适当吃些山药、大枣、蜂蜜等食物。

（3）适当运动，锻炼身体。但不可做突然剧烈运动，防止过度疲劳。

冠心病

冠心病是中老年人常见的心血管疾病。由于为心脏提供血液和营养的冠状动脉发生硬化，其管腔狭窄、闭塞，从而导致心肌缺血、缺氧，甚至坏死。程度轻者可无症状表现。程度重者可引发心绞痛，常因短暂心肌缺血而出现心前区胸骨后剧烈绞痛，甚至导致心肌梗死、心律失常、心力衰竭。

【按摩治法】

（1）患者仰卧，术者手掌紧贴其胸部（不隔衣），由上向下行抹法（图139），两手交替进行，反复操作多次。常发心绞痛者，可加按膻中穴，以宽胸理气止痛。用手掌轻轻拍打心前区（图140），轻重以患者舒适能耐受为度，反复操作。

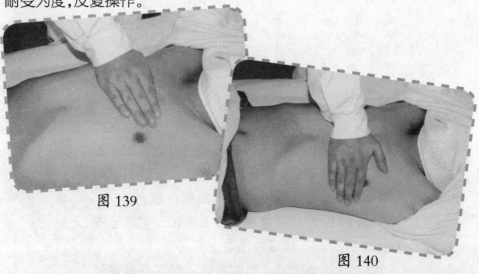

图 139

图 140

（2）患者俯卧，术者用拇指或中指揉按其心俞穴（图141）。气急、胸闷者加按肺俞、定喘穴。

（3）以一手拇指指腹紧按另一前臂内侧的内关穴（掌面腕横纹上2寸，两筋之间），先向下按，再做向心性循按，两手交替进行。对心动过速者，手法由轻渐重，同时可配合震颤及轻揉。对心动过缓者，用强刺激手法。平时则可按住穴位,左右旋转各10次,然后紧压1分钟(图142)。

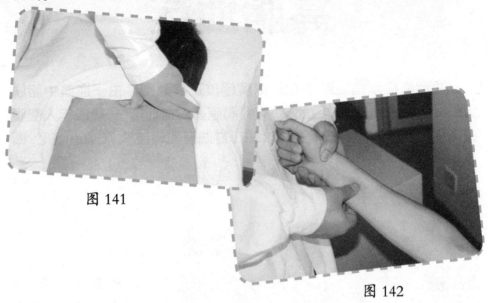

图 141

图 142

(4)慢性心衰水肿患者,可加按腹部的水分穴(脐上1寸)、水道穴(脐下3寸再旁开2寸),下肢的复溜穴(内踝与跟腱连线中点上2寸)、阴陵泉(膝关节内下方高骨下凹陷中)。

上述各种按摩手法操作时应注意柔和轻巧,动作不可粗暴。

【健康提示】

(1)避风寒,适劳逸。劳动和锻炼时动作宜缓慢。

(2)注意修身养性,保持心情平静,遇事不可过于激动。

(3)饮食宜清淡,不吃或少吃辛辣及过咸等食物。戒除烟酒(可少量饮用葡萄酒)。

(4)定期上医院检查,坚持合理用药。

高脂血症

高脂血症系指血浆中脂质浓度超过正常范围。由于血浆中脂质大部分与蛋白质结合，因此又称为"高脂蛋白血症"。一般成年人空腹血清中总胆固醇超过 5.72 mmol/L、甘油三酯超过 1.70 mmol/L，即可确诊。

【按摩治法】

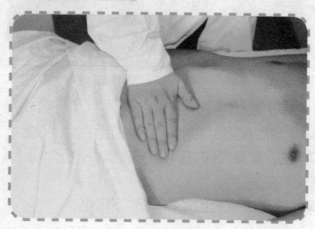

（1）取仰卧位，腹部经常按揉中脘、天枢穴（脐旁 2 寸），每穴 2~3 分钟。而后摩腹 3~5 分钟（图 143）。

图 143

（2）坐位，搓摩胁肋部 3~5 分钟（图 144）。

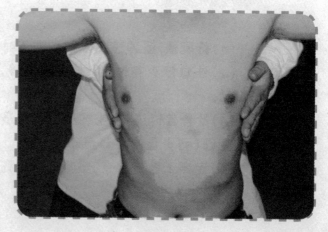

图 144

延年益寿河按摩

（3）取俯卧位，用㨰法按揉肝俞、脾俞、胃俞（第12胸椎下旁开1.5寸）各2~3分钟，擦命门、肾俞穴（图145），以局部温热为度。

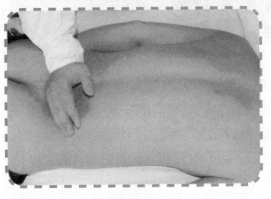

图 145

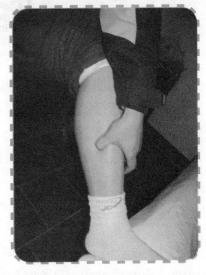

图 146

（4）取坐位，用拇指经常按揉丰隆（外膝眼俞足外踝连线中点，图146）、足三里、三阴交等穴，每穴1分钟。

【健康提示】

（1）患者饮食应有节制。主食应搭配部分粗粮，副食以鱼类、瘦肉、豆类或豆制品、新鲜蔬菜、水果为主。果仁、瓜子仁、核桃仁、海带、紫菜、木耳、金针菜、香菇、大蒜、洋葱等食物有利于降低血脂和防治动脉粥样硬化，可以常吃。平时用素油烹调食物。饮牛奶不宜加糖。少吃精制食品、甜食、奶油、巧克力和煎炸食物。

（2）胆固醇过高者应少食蛋黄、肉类（特别是肥肉）、动物内脏、虾皮、鱼子等胆固醇含量高的食物。甘油三酯过高者要忌糖和甜食，并限制总食量。

（3）坚持不懈地参加体力劳动和体育锻炼，以促进脂肪的消耗和分解。

呃 逆

　　呃逆即膈肌痉挛，是指膈肌和部分呼吸肌在某些因素的作用下，产生间歇或连续的痉挛收缩，导致喉中呃呃有声的一种病症。常见于饱食或突然吸入冷空气之后，轻者仅数秒钟可自行缓解，不治而愈。重者可持续频繁发作，不能自控，甚至不敢呼吸、不能进食和睡觉，以至于心情紧张。

【按摩治法】

　　（1）取坐位，以拇指或中指重力点按耳垂后翳风穴。抠压天突穴及锁骨上窝缺盆穴（图147）、锁骨外下方中府穴，以酸胀为度。

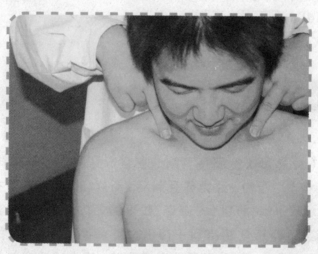

图147

　　（2）患者仰卧，术者从其天突穴由上而下推至中脘穴5~10遍，再重点按揉胸部膻中穴1~3分钟。按顺时针方向摩腹，以中脘、天枢穴为重点，时间为6~8分钟。

　　（3）患者俯卧，术者采用滚法或一指禅推法，在其脊柱两旁自上而下施术3~5遍，重点是膈俞（第7胸椎下旁开1.5寸）、胃俞穴，时间约为6分钟，以酸胀为度（图148）。

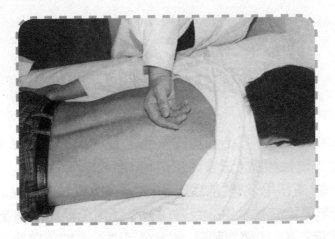

图148

（4）由背部向两胁抹擦，以发热为度。

（5）点按上肢合谷穴、内关穴（图149），下肢足三里、阳陵泉、三阴交、太冲（足背第1、2趾跖关节结合部前下凹陷中）诸穴。

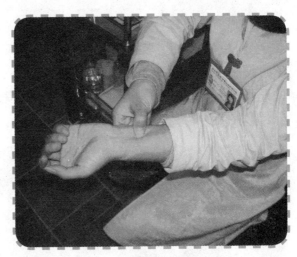

图149

【健康提示】

（1）保持心情舒畅，以防焦燥情绪加重膈肌痉挛。

（2）进食以无饱胀感为好。

肠易激综合征

肠易激综合征又称"结肠功能紊乱"，是常见的功能障碍性疾病。临床表现为阵发性腹痛（进食后加重，排便或排气后减轻）、腹胀、腹部不适、腹泻（多在早、晚餐前后出现，粪便多为糊状带有黏液，但无脓血）或腹泻与便秘交替发生。经各项检查肠道无器质性病变，而且发病与精神因素有关，如精神刺激、焦虑等可诱发或加重病情。

【按摩治法】

（1）患者仰卧，术者用一指禅手法在其上腹部以逆时针方向推行，在下腹部按顺时针方向推行，时间大约10分钟。中脘、气海（图150）、关元、天枢、大横（脐旁4寸）、章门（胁下第11肋端）、期门等穴，用深沉、缓慢的一指禅推法施术约5分钟。

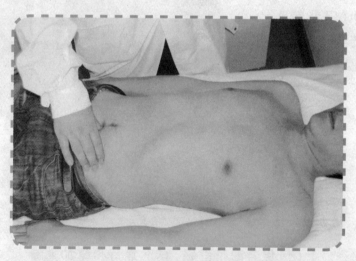

图150

（2）患者俯卧，术者在其背部取肝俞、脾俞、胃俞、肾俞等穴，用一指禅推法往返施术约5分钟。再用擦法直擦左侧背部，横擦腰骶部，以局部温热为度（图151）。

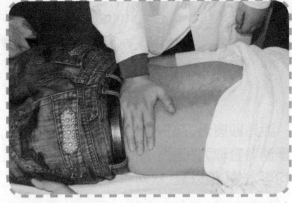

图 151

（3）下肢取足三里（外膝眼下3寸，图152）、上巨虚（足三里下3寸）、下巨虚（足三里下6寸），用按揉法或一指禅推法施术约5分钟，以酸胀得气为度。

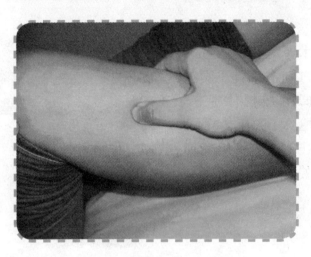

图 152

【健康提示】

（1）饮食宜清淡，避免进食油腻、刺激性强且难以消化的食物。

（2）调节情绪，畅达情志，减少精神刺激。

（3）本病可配合药物治疗，但应避免长期服用同一种药物。

泄 泻

泄泻即腹泻,是指排便次数增多、粪便稀薄或如水样。发病缓慢、大便溏薄者称为"泄";发病急暴、大便如水注样者称为"泻"。一年四季均可发生,但以夏、秋两季多见。饮食不洁、暴饮暴食为主要诱因。

【按摩治法】

(1)患者仰卧,术者两手掌按逆时针方向推摩其小腹部。拇指按揉中脘、天枢穴(脐旁2寸,图153),掌根揉气海、关元穴。

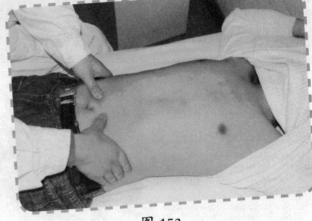

图 153

(2)患者俯卧,术者五指并拢,以掌根贴于其一侧的腰骶部,以中等力度由左至右地推擦数次,直至腰骶部发热为止。双手自尾骶骨下端的长强穴交替上推至命门穴,再从尾骶部沿脊柱两侧推按至腰背部,重点按揉两侧肾俞穴(图154)。

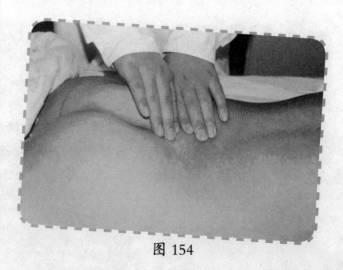

图 154

（3）拇指分别揉压上肢外侧前臂段，重点按揉合谷、曲池、手三里（曲池穴下 2 寸）。下肢重点按揉足三里、上巨虚、下巨虚、三阴交（图155）等穴。

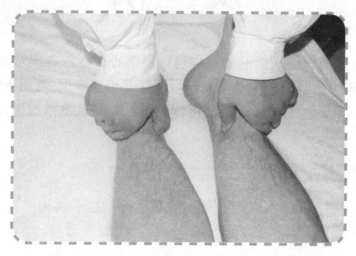

图 155

【健康提示】

（1）泄泻病人饮食要清淡且易消化，忌油腻食物。

（2）平时注意饮食卫生，不吃腐败变质的食物。

便 秘

便秘是指排便次数明显减少且排便困难，每 2~3 天或更长时间 1 次，粪质干结坚硬。中老年人以习惯性便秘为多见，粪质干燥，排出困难；或粪质不干，排出不畅。可伴有腹胀、腹痛、食欲减退、嗳气、反胃等。

【按摩治法】

（1）患者仰卧，术者用一只手或双手叠加按于其腹部，按顺时针方向做环形而有节律的揉摩 3~5 分钟。力量应适度，动作流畅（图 156）。

图 156

（2）用中指指腹放在一侧的天枢穴，适当用力，按顺时针方向揉 1 分钟，再用两手同时提拿腹部肌肉 1 分钟。

（3）患者取坐位或俯卧，术者双手五指并拢，以掌根贴于其一侧的腰骶部，适当用力自左而右地推擦数次，直至腰骶部发热为度。

（4）用拇指指腹经常按压上肢的支沟穴（腕背横纹中点上 3 寸），轻轻揉动，以局部出现酸胀感为宜，每侧 1 分钟左右。

（5）用拇指关节或指腹推揉下肢的足三里（图157）、上巨虚（足三里下3寸），拇指点按或手掌推擦三阴交、太溪（足内踝高点与跟腱连线中点，图158）、照海（足内踝下5分）等穴。每穴操作1分钟左右，以感觉酸胀为度。

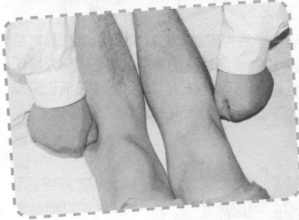

图 157

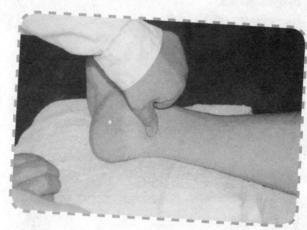

图 158

【健康提示】

（1）饮食中适加增加纤维素的含量，多吃蔬菜水果。

（2）晨起饮一杯淡盐水或蜂蜜水。

（3）进行适当的体力活动，加强体育锻炼。

手术后肠粘连

各种腹部手术后，常常会由于腹内积血、炎症、腹壁切口疤痕、术后切口疼痛未能早期下床等原因，发生肠粘连的情况。主要表现为腹部有阵发性隐痛或不适、持续性腹胀、反复性呕吐，术后 2~4 日后仍无排便或排气现象，躯干过伸状态下会引起手术切口或其他部位疼痛。

【按摩治法】

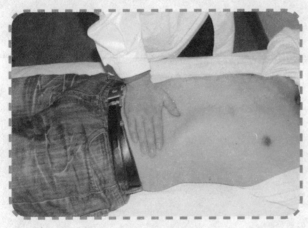

图 159

（1）患者仰卧，沿肠道走向（即顺时针方向）摩腹 3~5 分钟。而后两手握腹肌左右推挤腹部。最后以颤法震荡腹部（图 159）。

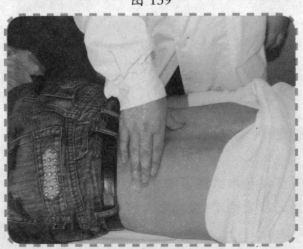

图 160

（2）患者俯卧，由他人代为按揉背部脾俞（第 11 胸椎下旁开 1.5 寸）、胃俞（第 12 胸椎下旁开 1.5 寸）等穴（图 160）。

（3）取坐位或卧位，用拇指关节或指腹经常点按下肢的足三里、上巨虚、下巨虚等穴，每穴 1~2 分钟。

【健康提示】

（1）腹部手术后应尽早下床活动，多饮水，保持肠道通畅，防止便秘和肠粘连的发生。

（2）术后饮食宜清淡，早期以半流质食物为主。不吃辛辣和咸味较重的食物，忌烟酒。

（3）适当参加体育锻炼，如散步、打太极拳等。

甲状腺功能亢进

甲状腺功能亢进症是一种因甲状腺激素分泌过多而引起的疾病，多见于中青年女性，可分为原发性和继发性两类，以甲状腺肿大、突眼、心烦、心悸、性情急躁、容易激动、怕热、多汗、口干舌燥、食欲旺盛但形体消瘦为主要症状。

【按摩治法】

（1）患者取坐位，术者先用一指禅法推其印堂、攒竹、鱼腰等穴，往返操作3~5分钟。

（2）经常推揉颈部喉结两旁及胸锁乳突肌前桥弓穴（图161）。

图 161

（3）按揉背部大椎穴3~5分钟，拿肩井3~5次（大椎与肩峰连线中点，图162）。点按心俞、膏肓、膈俞、肝俞、胆俞、肾俞等穴，往返推脊柱两旁3~5遍。擦腰骶部，以透热为度。

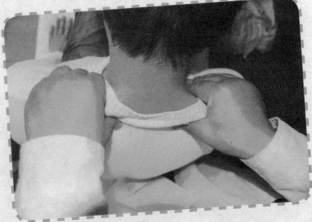

图 162

延年益寿巧按摩

（4）拿上肢曲池、合谷穴3~5分钟。

（5）点按下肢的足三里、太溪、太冲（足背第1、2趾跖关节结合部前下凹陷中，图163）、行间（足背第1、2趾之间的纹缝端）3~5分钟。搓足心涌泉穴，以透热为度。

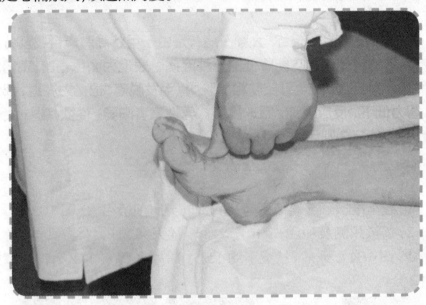

图163

【健康提示】

（1）病人平时宜吃一些高热量、高蛋白、富含维生素的食物。多饮水。忌食含碘量高的食物，如海带、紫菜、海鱼等海产品。忌烟、酒、浓茶、咖啡、辛辣食品。

（2）注意休息，避免过度劳累。

（3）应遵医嘱服药，避免过早自行停药，以免复发。

甲状腺功能减退

　　甲状腺功能减退，俗称"大脖子病"，是由于甲状腺激素合成及分泌减少，所致的机体代谢功能降低的一种疾病。表现为面色苍白，表情淡漠，眼睑和颊部虚肿，全身皮肤粗糙脱屑，毛发脱落，记忆力减退，部分病人智力低下、反应迟钝、眼球震颤。男性患者阳萎、性欲减退；女性患者月经过多，久则闭经、不孕

【按摩治法】

　　（1）经常推揉颈部喉结两旁及胸锁乳突肌前桥弓穴（图102）。
　　（2）按揉颈侧及项后5~10分钟，轻揉天突、扶突（颈部喉结旁开约3寸，图164）、天鼎（扶突下约1.5寸）等穴，每穴1~2分钟。拿揉风池2分钟。

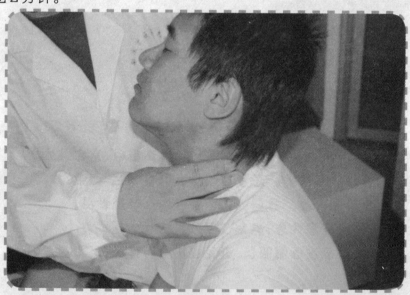

图164

　　（3）经常按揉中脘、梁门（中脘旁开2寸）、天枢、脐中、气海、关元各1~2分钟，顺时针摩腹3~5分钟。
　　（4）掌推脊柱两旁5~10遍；经常按揉肺俞、心俞、膏肓、膈俞、肝

延年益寿巧按摩

俞、脾俞、肾俞、志室等穴,从上到下,每穴各1分钟,以透热为度。

　　(5)经常按揉足三里、阴陵泉、阳陵泉(膝关节外下缘腓骨小头前下方凹陷中)、太溪、太冲、公孙(足背内侧,内踝前下方高骨下凹陷中)各1~2分钟。擦涌泉穴,以透热为度。

【健康提示】

（1）多吃富含蛋白质和有温阳作用的食物。

（2）注意保暖,避免受寒。

单纯性肥胖

当进食热量多于人体消耗量,可造成体内脂肪堆积过多,导致体重超常。肥胖不仅影响形体,而且也影响工作和生活,更重要的是对人体健康有很大的危害,容易并发高血压、高脂血症、冠心病、中风、糖尿病、脂肪肝、胆石症等。

【按摩治法】

(1)以肚脐为中心,用手掌由内向外按顺时针方向摩腹2~3分钟,力度逐渐渗透,使局部产生温热感。再点按水分(脐下1寸)、气海、关元、天枢(脐旁2寸,图165)、大横(脐旁4寸)等穴各1分钟。然后再以下腹部为重点,双手掌横摩腹部2~3分钟,并轻轻揉捏腹部两侧腹直肌3~5遍,以局部产生酸胀感为宜。最后用双手掌推运下腹至上腹,紧接着在腹部振动1~2分钟。

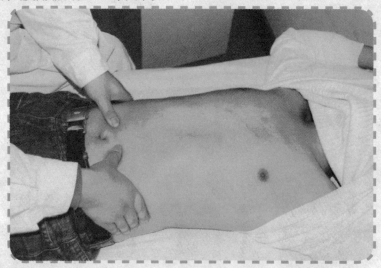

图 165

(2)患者仰卧,术者两手手指并拢,自然伸直,一手掌置于另一手指背上,左右掌指平贴腹部,用力向前推按,然后再用力向后压。一推一回,由上而下慢慢移动,似水中的浪花(图166)。

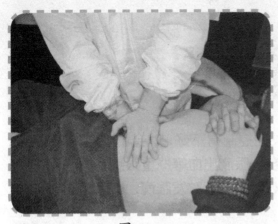

（3）经常按揉上肢的合谷、曲池（图167）、内关、支沟穴，下肢的足三里、丰隆（图168、三阴交、阴陵泉穴。

图 166

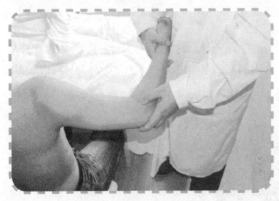

图 167

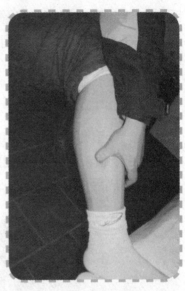

图 168

【健康提示】

（1）单纯性肥胖无合并症者，应科学地调控饮食结构，根据不同性别、年龄、生活条件、工作环境制定合理的饮食标准及活动量。

（2）提倡从新生儿开始就施行科学饮食、合理喂养，矫正不良饮食习惯。

（3）坚持有氧运动，保持良好的体力劳动和体育运动的习惯，不要长时间看电视。

（4）可配合针灸、中药等减肥措施，使体重逐渐降低。

糖尿病眼症

糖尿病患者的血糖如果长期控制得不好，就会出现白内障、青光眼、视神经萎缩、视网膜色素变性、眼底出血等严重眼病。据统计，糖尿病病史在5年以上者，约有30%的患者并发眼病，尤其以白内障、视网膜色素变性最为多见。

【按摩治法】

（1）患者闭眼，用拇指或中指经常按揉晴明穴，并经过眉头攒竹穴（图169），顺着眉毛到太阳穴。点压承泣、四白等穴，每穴1分钟。将两手掌擦热后放在眼睛上，轻轻捂1分钟（图170）。

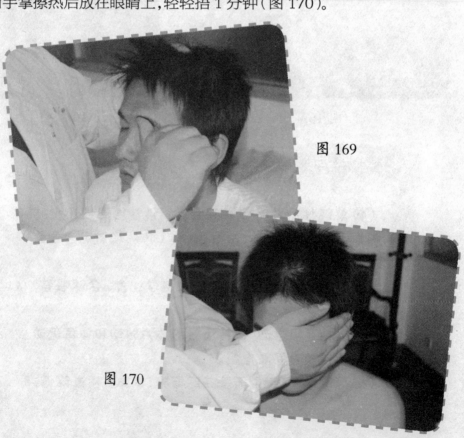

图 169

图 170

延年益寿河按摩

（2）双手拇指按摩耳根、耳垂20次（耳垂中心点为耳穴疗法的"眼"区）。双手拇指和食指捏住耳垂往下拉20次（图171）。

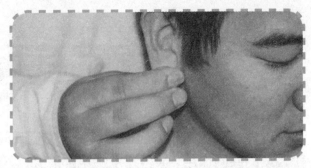

图 171

（3）点按背部治疗糖尿病的胰俞（第8胸椎下旁开1.5寸，图172）以及治疗眼病的肝俞（第9胸椎下旁开1.5寸）等穴。

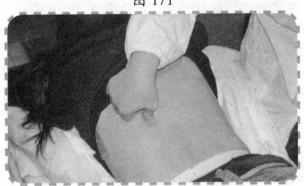

图 172

（4）双手大拇指屈曲，用指掌关节突起处分别抵住两侧下肢足三里、光明（足外踝高点上5寸）、足临泣、太冲等穴，各按揉2分钟左右，至局部酸痛为宜。

【健康提示】

（1）严格控制血糖和血压，降低血脂，尽量遏制或延缓糖尿病视网膜病变的出现。

（2）Ⅰ型糖病患者发病5年以上者应每年检查1次眼睛的情况，Ⅱ型糖尿病患者从发病起就应每年检查1次。

（3）患者工作和生活环境中的照明强度要适宜，光线过强或过弱都有损于眼睛的视觉。以晴天的自然光和柔和的灯光为宜。

（4）多吃富含维生素的抗氧化物食品，如新鲜蔬菜、水果、粗粮和植物油等，能够维持正常的代谢过程。

糖尿病足

糖尿病患者由于下肢血管病变及微循环障碍、周围神经病变、感染等因素的共同作用，很容易发生足部溃疡、坏疽等慢性致残性并发症。临床表现为肢体麻木、感觉减退、肢端发凉、间歇性跛行、静息疼痛、足部溃疡及坏疽。

【按摩治法】

（1）患者仰卧，术者以揉、搓手法，沿其颈、胸施术，往返操作 3~5 遍。再点揉中脘、脐中、关元，每穴 1 分钟，以得气为度。

（2）患者俯卧（胸部垫枕头），术者以揉、搓手法沿其脊柱两侧腰骶部施术，上、下、左、右往返操作 3~5 遍。再点按胰俞、肝俞、胆俞（第 10 胸椎下旁开 1.5 寸）、脾俞、肾俞，每穴 1 分钟，以得气为度。

（3）患者仰卧，术者用揉、搓手法先在其两下肢内侧、前面、外侧施术，从上而下往返操作 3~5 遍。然后改俯卧位，再在下肢后面往返操作 3~5 遍。

（4）经常点按下肢的足三里、血海（膝关节髌骨内上缘上 2 寸）、三阴交（图 173）、解溪（足踝关节前面正中点）、昆仑（外踝与跟腱连线中点）、太冲（图 174）等穴，每穴 1 分钟，以得气为度。擦下肢后侧，以透热为度。

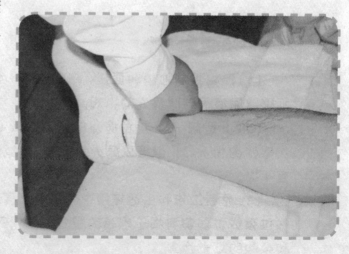

图 173

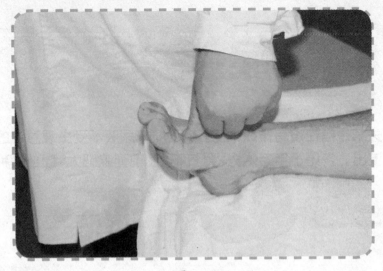

图 174

【健康提示】

（1）严格控制血糖和血压，降低血脂，尽量遏制或延缓糖尿病足的出现。

（2）经常检查双足，警惕水泡、伤口、划痕。

（3）每晚用温水洗脚。鞋袜一定要宽松舒适。防止各种原因导致的外伤。

（4）多吃富含维生素的抗氧化物食品，如新鲜蔬菜、水果、粗粮和植物油等，能够维持正常的代谢过程。

尿失禁

尿失禁是指在没有排尿欲望和行为时，尿液不受主观意识的支配而自行流出。多见于年老体弱、肾气不足、前列腺肥大、腹部各种手术之后。

【按摩治法】

（1）患者仰卧，术者先摩其下腹部，再重点按揉脐中、气海（图175）、关元、中极等穴，每穴2~3分钟，至小腹部温热为度。

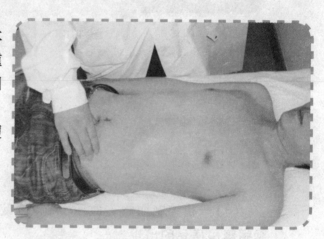

图 175

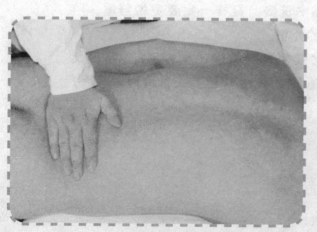

（2）患者俯卧，术者按揉其背部肺俞、心俞、肝俞、脾俞、肾俞等穴，每穴1~2分钟。再横擦命门、肾俞及腰骶部（图176），至局部温热为度。

图 176

延年益寿浴按摩

（3）经常点按下肢足
三里、三阴交（图177）、太
溪、复溜等穴，每穴1~2
分钟，以得气为度。

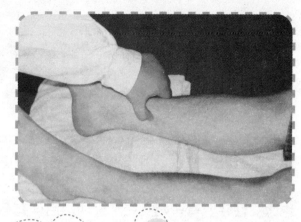

图 177

【健康提示】

（1）防止尿道感染，女性要养成大小便后由前往后用手纸的习惯。

（2）性生活前要先用温开水洗净外阴，性交后女方应立即排空尿液，清洗外阴。若性生活后发生尿痛，尿频，可服抗尿路感染药物3~5天，在炎症初期快速治愈。

（3）饮食要清淡，多吃含纤维素丰富的食物，改善全身营养状况。防止因便秘而引起的腹压增高，使尿外溢。

（4）加强锻炼 增强体质。锻炼腹肌可经常收腹和做仰卧起坐。锻炼提肛肌平时要多做收缩肛门或提肛动作。

更年期综合征

更年期综合征属内分泌－神经功能失调导致的疾病，以情绪不稳定、潮热汗出、失眠、心悸、头晕、头痛、性功能减退、月经紊乱或绝经等为特征。本病男女均可出现，男性出现症状一般比女性晚，且症状表现也比女性轻。有些妇女在绝经期前后伴有各种不适症状，多数症状较轻，无需治疗，通过自行调节可逐渐消失。症状较重的则影响生活和工作，需要系统治疗。

【按摩治法】

（1）用一指禅法推印堂、神庭、百会等穴，往返操作3~5分钟。双手中指指腹或双手掌根轻缓平和地按揉太阳穴（图178、图179）。

图 178

图 179

延年益寿巧按摩

（2）经常按揉腹部的气海（图180）、关元、中极等穴3~5分钟。

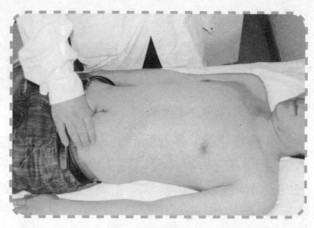

图 180

（3）往返推脊柱两侧3~5遍，重点按压大椎、心俞、膈俞、肝俞、肾俞等穴，擦腰骶部，以透热为度。

（4）经常点按上肢的合谷、内关穴，经常按揉下肢的足三里、三阴交（图181）、太溪、太冲等穴，各3~5分钟。擦足心涌泉穴，以透热为度。

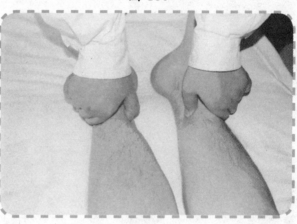

图 181

【健康提示】

（1）按摩对本病效果良好，治疗时可对病人加以精神安慰，使其畅达情志、乐观开朗，避免忧郁、焦虑、急躁情绪。

（2）劳逸结合，保证充足的睡眠。注意锻炼身体，多做室外活动如散步、打太极拳、观花鸟鱼虫等。

（3）伴有高血压、阴虚火旺者，宜多吃芹菜、海带、银耳等。

头 痛

头痛是常见、多发病症。以头痛为主诉的病人约占整个神经科病人的 40% 左右，其中又以偏头痛最为多见。在头痛发作前，多有各种先兆，如神经系统功能紊乱和情绪改变。头痛部位有前额痛、偏头痛、头顶痛、后枕痛、全头痛之分。

【按摩治法】

图 182

（1）自我按摩时可用食、中、无名指指腹从前额中间向两侧分抹，直至太阳穴。由他人代为按摩，则用拇指按同法操作（图 182）。在太阳穴处以双手中指指端或掌根轻缓平和地按揉。

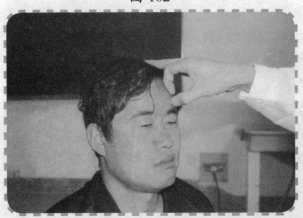

图 183

（2）拇指和中指弯曲，用拇指的指腹紧压住中指的指甲，突然放开，连续弹击百会、印堂、阳白（眉毛中点直上 1 寸，图 183）、太阳穴和头部压痛点。

延年益寿巧按摩

（3）一手拿捏前额，另一手拇指与食指、中指相对拿捏风池穴，一上一下、一紧一松，使颈部感到酸胀为度（图184）。

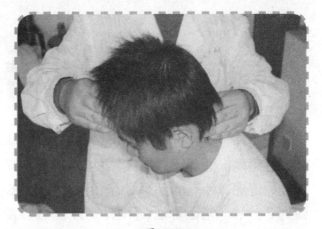

图 184

（4）将两手五指分开，由前发际分别向后发际反复梳动（谓之"干梳头"），以局部发热舒适、无痛感为度（图185）。

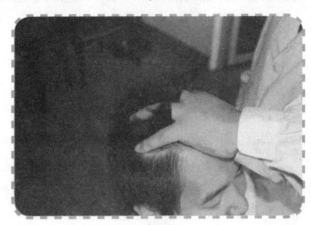

图 185

【健康提示】

（1）按摩时间宜安排在早晨起床前和晚上睡觉前。如头痛较有规律，尽量在头痛发作之前按摩。

（2）手法操作宜轻柔，不可用力过猛。且本病为慢性病，按摩应坚持足够长时间。

（3）避风寒，适劳逸，戒烟酒。饮食宜清淡，奶酪、巧克力、熏肉、咸鱼等不可食用。

（4）不良情绪可加重头痛或使头痛发作频繁。应当调整心态，保持良好心境。

三叉神经痛

三叉神经痛是在三叉神经分布区出现的放射性疼痛，为最常见的神经性疼痛。面部疼痛常突然发作，呈火灼样、刀割样、针刺样或闪电样剧烈疼痛。伴有面部潮红、流泪、流涎、流涕和面部肌肉抽搐，持续数秒到2分钟。常因说话、吞咽、刷牙、洗脸、冷刺激、情绪变化等诱发。具有反复发作的特点，发作次数不定，间歇期无症状。

【按摩治法】

（1）受术者取坐位或仰卧，术者以一指禅推法从其太阳穴推至发际头维穴，再从太阳穴到上关（耳前颧骨弓上）及下关穴（耳前颧骨弓下），往返操作6~8遍。以一指禅推法自内眼角睛明穴开始，经鼻梁，沿双眼眶上下做横8字（∞）操作，往返5~6遍。

（2）拇指或中指经常按揉颧髎穴（颧骨高点下凹陷中）、四白穴、下关穴、听宫（耳屏前5分）、耳门（听宫穴上5分）、听会（听宫下5分）、翳风穴、颊车穴，每穴约1分钟（图186）。

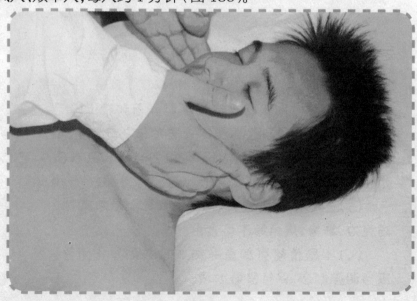

图 186

（3）在面颊部自前上方朝后下方用扫散法施术，两侧交替进行，各30 次左右。再用大鱼际揉法在颊面部施术约 3 分钟。

（4）用点按法、指揉法在容易引发疼痛的触发点施术 1 分钟左右，刺激要强。再点揉上肢远端的合谷（图 187）、外关穴，每穴约 1 分钟，以局部酸胀为度。

图 187

【健康提示】

（1）避免风吹和寒冷气候对颜面部的刺激，外出时戴口罩或头巾。

（2）保持个人卫生，利用疼痛发作后的间歇期清洁颜面及口腔。避免冷水刺激，用温水洗脸、刷牙。

（3）避免坚硬食物对口腔的刺激，吃质软、易嚼食物。戒烟、戒酒，少吃辛辣食物。尽可能避免诱发疼痛的动作。

（4）保持乐观心情，避免急躁、焦虑等不良情绪刺激。

周围性面瘫

周围性面瘫即面部表情肌的瘫痪，又称"面神经炎"，是由面神经受损而引起的病症。主要表现为突然出现面部运动功能障碍，如额纹变浅或消失、眉毛下垂、眼裂变小且闭合不全、面部肌肉僵硬、鼻唇沟变浅或消失、口角下垂并歪向对侧、鼓腮漏气、不能吹口哨、口腔内有食物残渣存留。部分患者病侧舌前 2/3 可出现味觉减退。

【按摩治法】

（1）患者取坐位或仰卧，术者用一指禅法推其患侧攒竹、鱼腰（图188）、丝竹空、迎香、地仓、颊车、下关等穴，往返操作 3~5 分钟。经常点按睛明、四白、阳白（眉毛中点直上 1 寸，图189）3~5 分钟。

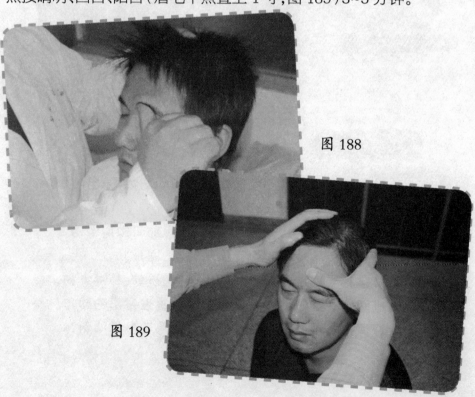

图 188

图 189

延年益寿巧按摩

（2）用大鱼际由眉上方向外下方施擦法（图190）至耳前，再由地仓向外上方擦至耳前，约3~5分钟。

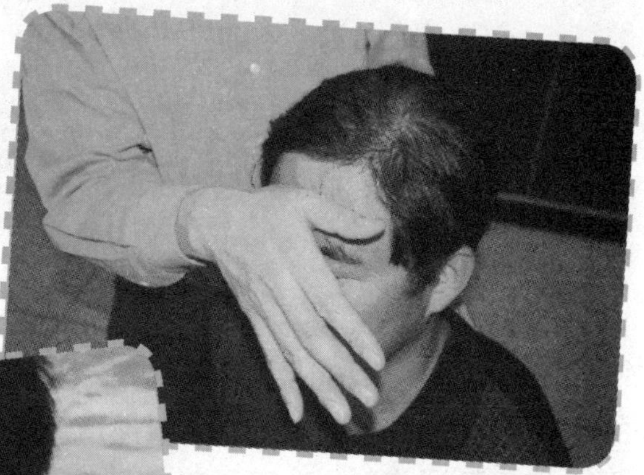

图190

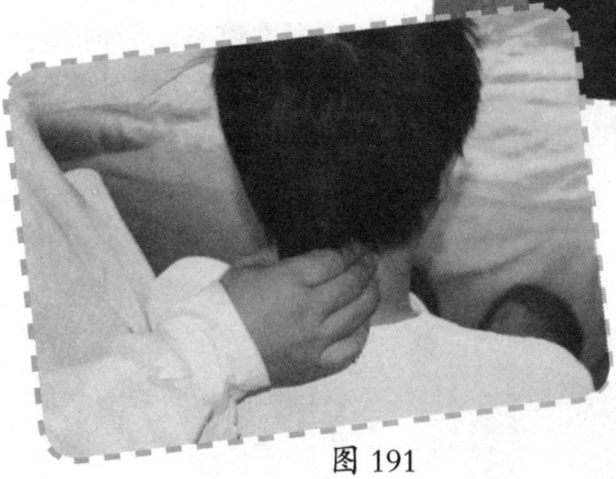

图191

（3）以一指禅推法或揉法在项部及风池、天柱（后发际正中旁开1.3寸）施术3~5分钟。最后拿风池（图191）、合谷3~5分钟。

【健康提示】

（1）本病多突然发生，患者难免产生紧张、焦虑、恐惧情绪，担心面容改变而羞于见人，或者担心治疗效果不好而留下后遗症。要根据患者不同的心理特征，耐心做好解释和疏导工作，缓解其紧张情绪，使其情绪稳定，身心处于最佳状态，以提高治疗效果。

（2）患者不能用冷水洗脸，外出要戴口罩，避免直接吹风。注意天气变化，及时添加衣物，防止感冒。

（3）由于眼睑闭合不全，角膜长期外露，易受风吹或灰尘刺激，导致眼内感染。因此要注意对眼睛的保护。除了外出时戴墨镜保护意外，可滴一些有润滑、消炎、营养作用的眼药水。睡觉时可戴眼罩或盖纱布加以保护。

（4）用热毛巾敷面部，每日2~3次。自行对着镜子做皱额、抬眉、闭眼、鼓腮、示齿、吹口哨等动作，每个动作做2~4个八拍，每天2~3次。

面肌痉挛

面肌痉挛是面神经受到刺激而产生的以阵发性的一侧面部肌肉不自主抽搐为特点的疾病。病初多为眼轮匝肌阵发性痉挛，逐渐扩散到一侧面部、眼睑和口角，痉挛范围不超过面神经支配区。少数患者阵发性痉挛发作时，伴有面部轻微疼痛。后期可出现肌无力、肌萎缩和肌瘫痪。

（1）患者取坐位，双目微闭，术者用一指禅推法从其睛明开始，经鱼腰、瞳子髎、四白等穴，在眼眶周围往返施术 15～20 遍，每一穴位处停留 20 秒钟左右。再沿人中、地仓、承浆，绕口唇往返施术 5～10 遍，每一穴位处停留 20 秒左右。

（2）重力按压头维、四白（图 192），轻度按揉耳门、下关、颊车、翳风等穴，每穴约 1 分钟。

（3）拿风池穴 3 分钟。然后从风池至大椎，用拿法施术 5 分钟。最后拿肩井穴（图 193）2 分钟。

图 192

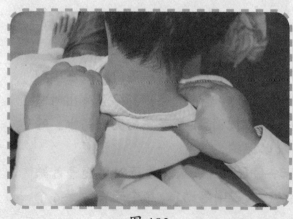

图 193

（4）经常点按合谷（图194）、后溪（握拳，第5指掌关节后纹头端）、中渚（第4、5指掌关节后5分）、太冲（图195）、阳陵泉等穴，每穴约1分钟。

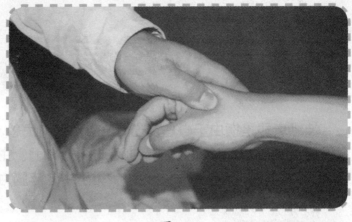

图194

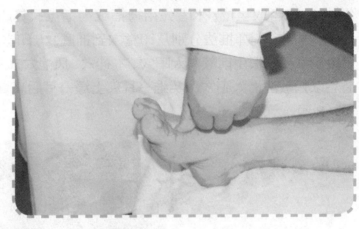

图195

【健康提示】

（1）面部抽搐时，应紧闭双眼和嘴巴。

（2）心情要舒畅，经常听轻快音乐。

（3）注意休息，保证充足的睡眠。尽量少接触电视、电脑、紫外线，减少刺激。

（4）忌吃生冷、油腻等不易消化食物，忌吃辣椒、生姜、大蒜、羊肉、狗肉等热性和刺激性食物。宜适当多吃苦瓜、丝瓜、冬瓜、南瓜、黄瓜、甜瓜、山楂、大枣、香蕉、玉米、紫菜、海带、豆类或豆制品等。

神经衰弱

　　神经衰弱是指由于心理创伤、长期紧张和忧愁、繁重的脑力劳动以及睡眠不足等原因引起的精神活动能力减弱。主要特征是精神疲乏、记忆力下降，但无器质性病变，多见于中老年脑力劳动者。

　　（1）患者取坐位，术者先用拇指或中指点揉其印堂穴1分钟（图196），再用一指禅推法分别从印堂穴到神庭穴、印堂穴到太阳穴。然后用手掌和掌根由前额向太阳穴、本神穴、风池穴来回平摩推移数次。最后以扫散法沿太阳穴→头维→耳郭上缘→耳后高骨→风池穴，施术5～8遍。

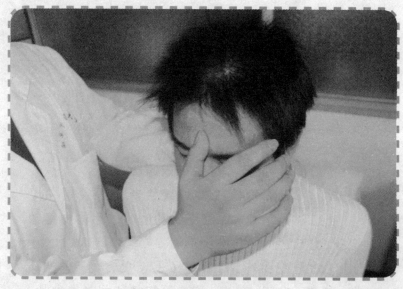

图 196

　　（2）患者仰卧，术者用双手掌揉推其胸部2～3遍，再用双手揉拿腹部3～5遍。用拇指点中脘、天枢、关元等穴，每穴约1分钟。

（3）患者俯卧，术者沿其脊柱两侧，从大杼穴至足跟部，分别施以推法、揉法、擦法，重点按压大椎、大杼、心俞、肝俞、脾俞、肾俞，每穴约1分钟（图197）。

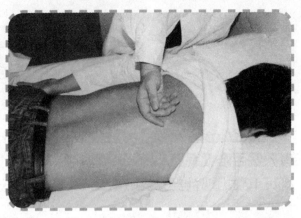

图 197

（4）揉拿患者上肢3～5遍。经常点按神门（掌面腕横纹小指侧凹陷中）、内关、曲池等穴，每穴约1分钟。最后用双手掌夹住患者上肢，自上而下快速搓动。

（5）用双手掌在大腿前外侧做掌揉法、拿法各3～5遍。用拇指在胫骨内侧自上而下做连续按压法3～5遍。经常点按足三里、三阴交（图198），每穴约1分钟。

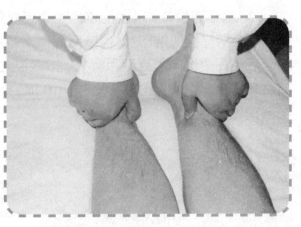

图 198

【健康提示】

（1）保持心情舒畅，经常观看或参加文体娱乐活动。

（2）适当进行体育锻炼，如散步、打太极拳等，但不宜参加过于激烈的运动。

（3）饮食宜清淡。睡前不要喝浓茶、咖啡等刺激性饮料。戒烟酒。

（4）病情严重者可配合针灸或药物等治疗。

失　眠

　　失眠，也称"不寐"，是指经常不能获得正常睡眠的一种病症。轻者入眠困难或眠而不深、时寐时醒，醒后不能再寐；严重者整夜不眠。既可单独出现，也可与头痛、眩晕、心悸、健忘等症同时并见。

【按摩治法】

　　（1）患者取坐位，术者用拿法在头部两侧施术 10 遍左右。经常按揉或用一指禅推法推印堂，再以两拇指交替由印堂直推至神庭，5 ~ 10遍。沿头正中线向上直至百会穴，指振百会（图 199）。双手拇指分推前额（图 200）、眉弓至太阳穴 5 ~ 10 遍，指振太阳穴。手掌轻轻侧击头部，掌振侧头部。

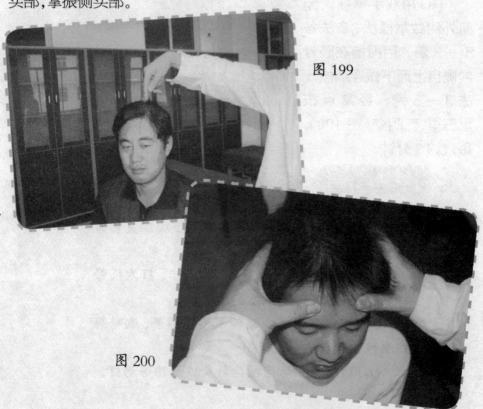

图 199

图 200

（2）睡觉前0.5 ~ 1小时，患者用双手自我指压安眠穴（耳垂后翳风穴与风池穴连线中点）。左右手互相按揉对侧上肢内关、神门穴（掌面腕横纹小指侧凹陷中），各2分钟左右。

（3）患者仰卧，术者掌摩其腹部6分钟左右，用一指禅推法于中脘、脐中、气海、关元施术约1分钟，并以手指振动各穴。双掌自肋下至耻骨联合，从中间向两边平推3 ~ 5次。掌振腹部约1分钟。

（4）患者俯卧，术者提拿其上背部两肩井穴约1分钟。经常按揉背部脊柱两侧及心俞、脾俞、胃俞、肾俞，以酸沉为度。从下向上直推背部脊柱正中督脉（图201）10次左右。双掌交替轻轻叩击背部脊柱两侧。

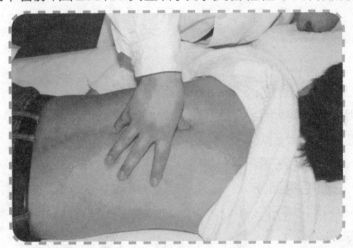

图201

【健康提示】

（1）按摩治疗失眠疗效较好，一般初次治疗即可见效。

（2）心情要开朗、乐观，消除烦恼，避免情绪波动。

（3）适当参加体力劳动和体育锻炼，增强体质。

抑郁症

抑郁症是一种以情绪低落、自我评价过低为主要特征的综合征。患者生活兴趣丧失，对工作及生活感到无助和绝望，无端地自责，做任何事情都缺乏信心和动力，胃口不佳、睡眠不好，感到虚弱疲劳、性功能下降。

【按摩治法】

（1）患者取坐位，双目微闭，自己将两手拇指按在其头侧太阳穴上，用食、中、无名三指由印堂穴沿眉毛两侧分抹 30 ~ 50 次，每日 2 次（图 202）。

图 202

图 203

（2）患者自己用双手掌根贴于太阳穴，做轻缓平和的揉动（图 203）。如果由他人施术，则术者面对患者，用双手食指、中指旋按太阳穴（图 204）。

延年益寿疗按摩

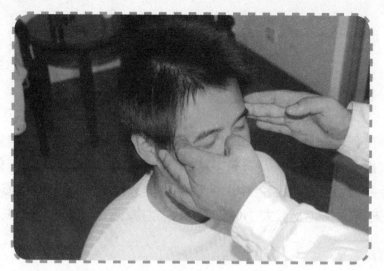

图 204

（3）将两手五指分开，由前发际分别向后发际反复梳动，以局部温热舒适、无痛感为度。

（4）患者俯卧，由他人为之按揉背部第 3 胸椎至第 9 胸椎夹脊穴（脊柱旁开 0.5 寸），以及肺俞、心俞、肝俞、胆俞、脾俞、肾俞等穴，每穴 1 ~ 2 分钟。

【健康提示】

（1）要保持乐观、豁达的心境，以积极向上的心态面对生活和工作中的压力和烦恼。

（2）补充足量的水分，维持脏腑的正常需要，促进体内有害物质的排泄。

（3）忌食辛、辣、腌、熏等刺激性食物。

（4）注意预防自杀倾向，在常规治疗的同时注重心理治疗。

中风后遗症

中风是中老年人的常见病、多发病，是当今世界对人类健康和生命危害最大的疾病之一，具有发病率高、死亡率高、致残率高、复发率高以及并发症多的特点。中风后遗症主要表现为一侧肢体瘫痪、口舌歪斜、失语、吞咽困难、大小便失禁、记忆力减退、烦躁、抑郁甚或痴呆。

【按摩治法】

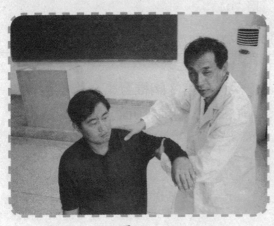

图 205

（1）患者取坐位或仰卧，术者在其上肢部用推、揉、擦、滚等手法整体施术，而后由上而下点压肩髃（三角肌上缘前抬肩凹陷处）、曲池、手三里、合谷、外关等穴，并帮助患者伸曲肘关节、举上臂、环转摇臂、活动肩关节，以防止久病失用造成肩关节粘连或脱臼（图 205）。

（2）患者先取俯卧位，术者用掌指侧叩击其背、腰、臀、腿部，再用空掌扣击骶部，以提高神经兴奋性。改侧卧位，点压环跳穴（股骨大转子与尾骶骨骶管裂孔连线的外 1/3 处）。再改俯卧位，经常按揉承扶（臀部与大腿交界横纹中点）、殷门（承扶穴下 6 寸）、承山（小腿肚腓肠肌人字纹下凹陷中）与涌泉穴。最后改仰卧位，在患侧肢体的前、外、内侧进行常规手法按摩。可用推、揉、压、拿、搓、擦、滚等手法，点压气冲（腹股沟正中）、伏兔（髌骨外上缘

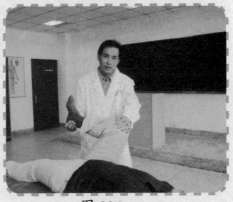

图 206

上 6 寸）、阳陵泉、足三里、丰隆、三阴交等穴。用屈髋膝法和摇髋膝法活动髋关节、膝关节（图 206），以防止肌肉粘连、关节强直而致废用性肌萎缩。

（3）口舌歪斜、流涎者，经常点按地仓、颊车、廉泉（颈部，下巴与喉结连线中点，图 207）、合谷等穴。

（4）失语、吞咽困难者，经常按压哑门（后发际正中）、风府、风池、廉泉、天突、合谷、内关、通里（掌面腕横纹小指侧上 1 寸）等穴。

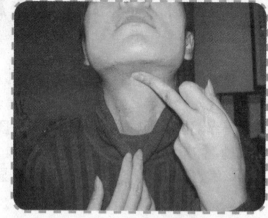

图 207

（5）记忆力低下或智力障碍者，可经常按揉百会、四神聪（百会穴上下左右各 1 寸）、心俞、脾俞、合谷、内关、大钟（足内踝后下方）、绝骨（足外踝上 3 寸）等穴。

（6）患者取俯卧位，术者在其背部沿脊柱以及两旁，由上至下施行直推、掌摩、搓擦等手法，各 5～8 次，以此进行大面积的宏观调整治疗。

【健康提示】

（1）按摩治疗中风后遗症疗效显著，尤其对于神经功能如肢体运动、语言、吞咽功能的康复有促进作用。治疗越早效果越好。久病畸形者应配合其他疗法。

（2）卧床患者应保持四肢功能体位，以免造成足下垂或足内翻、足外翻。必要时可用护理架及夹板托扶。还应采取措施适当活动体位，以避免发生褥疮。

（3）早期可在家属或医护人员的帮助下做肢体被动运动，当肢体功能逐渐恢复时应加强主动运动的康复锻炼，以助早日康复。

骨质疏松症

骨质疏松症是由多种原因引起的以单位体积内骨组织量减少为特征的代谢性骨病。发病缓慢，以全身骨骼疼痛不适、容易骨折为主症。疼痛部位以颈、肩、腰、背为主，性质多为钝性痛，时轻时重，可突然加剧，休息后缓解或减轻，活动量过大或过度劳累后会明显加重。甚至咳嗽、打喷嚏、排便等，均可造成明显疼痛及不适。

【按摩治法】

（1）患者俯卧，术者点揉其中脘、脐中、气海、关元各穴各2分钟，摩腹3～5分钟。

（2）术者用掌推脊柱两侧3～5遍。经常按揉第7颈椎下大椎穴（图208）肝俞、肾俞、命门、腰阳关（第4腰椎下）、志室（第2腰椎下旁开1.5寸）各1分钟。擦腰骶部，以温热为度。

图 208

（3）取坐位或仰卧位，揉捏臂臑（三角肌下端）、手三里、合谷等部位肌筋。经常点按肩髃、曲池等穴，来回搓揉臂肌数遍。

（4）拿阳陵泉、承山、昆仑穴处的肌筋，揉捏伏兔、殷门、承扶穴处的肌筋。经常点按环跳、足三里、委中、悬钟（又名"绝骨"，足外踝高点上3寸，图209）等穴，来回搓揉股肌数遍。

图 209

【健康提示】

（1）按摩操作时手法用力要轻柔不可粗暴，以免发生骨折。平时要保持良好的坐、立、卧等体位姿势，避免增加骨骼关节的负重。体力劳动和锻炼时要防止跌倒摔伤，尤其是防止四肢、手腕、足踝等处的骨折。

（2）除了长期坚持按摩治疗外，还要坚持各种健身运动，如散步、慢跑、健身操、太极拳、太极剑等。

（3）适量补钙，经常喝骨头汤。少吃油腻的食物，不喝含有咖啡因的饮料如咖啡、可乐、茶等，戒除烟酒。

（4）平时用药需谨慎，尽量不使用对骨质有破坏作用的药物，如四环素、各种激素等。定期到医院拍片或接受骨密度检查。

落 枕

　　落枕，是一种急性、单纯性颈项强直而疼痛的病症。多因睡眠时姿势不正、枕头过高或过低、颈部肌肉长时间过分牵拉，或风寒之邪侵袭项背，导致颈项局部经筋发生痉挛。老年发病者多与颈椎病相关。

　　患者起床后自觉一侧项背发生牵拉痛，甚至向同侧肩胛及上臂扩散，颈项活动受限，不能前后俯仰、左右回顾，头常向患侧倾斜，局部压痛明显。

【按摩治法】

　　（1）患者取坐位，术者先用轻柔的㨰法或揉法在其项背、肩部以及斜方肌等部位施术，反复操作3～5分钟，以松解颈项部的肌肉痉挛状态（图210）。

图 210

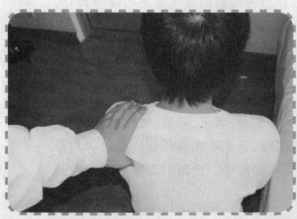

图 211

　　（2）用拇指按揉风池、肩井、天宗（肩胛骨冈下窝正中，图211）、阿是穴（痛点），并弹拨局部肌痉挛处。

延年益寿巧按摩

（3）术者用双手托住患者下颌及后枕部，先缓慢向上拔伸，再做缓慢颈项部摇法，促使颈项部肌肉组织放松（图212）。

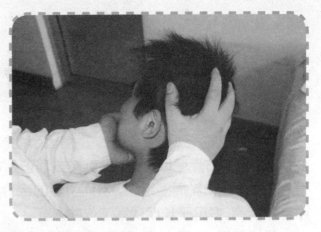

图212

图213

（4）轻快揉捏患侧颈项部肌肉。按揉肩胛骨内缘2～3分钟。最后拍打或叩击肩背部（图213）结束治疗。

【健康提示】

（1）施行手法要求轻柔缓和，摇、扳等被动运动要在生理范围内进行，不可强求弹响声。

（2）病情较轻者可适当热敷，较重者可配合针灸、拔罐、牵引治疗。

（3）睡觉时枕头高低要适中，并注意肩背、项部保暖，避免受凉。

（4）平时加强颈部前、后、左、右的功能锻炼，以减少复发。

颈椎病

颈椎病又称"颈椎综合征"，是指因颈椎骨质增生、椎间盘慢性退变、韧带及关节囊肥厚等病变，刺激或压迫颈神经、神经根、脊髓、血管、交感神经和其周围组织，从而引起的综合症候群。是一种常见的中老年疾病，多见于长期伏案工作的人。

起病缓慢，表现为头、颈项、肩、手臂及前胸等部疼痛，并可有进行性肢体感觉及运动功能障碍。轻者头晕、头痛，恶心，颈肩疼痛，上肢疼痛、麻木无力。重者可导致瘫痪，甚至危及生命。颈椎进行 X 线摄片检查可以确诊。

【按摩治法】

（1）患者取坐位，颈部放松，术者用一指禅推法、按揉法对其操作1~2分钟。

（2）用一指禅推法推颈椎旁夹脊穴以及风府、风池，各3~5分钟（图214）。

图 214

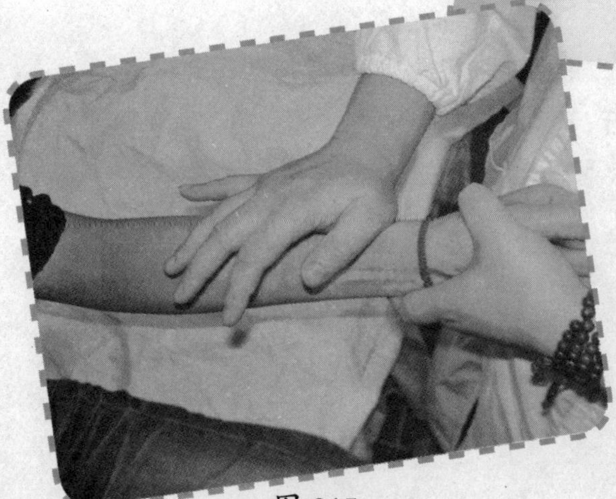

（3）用擦法在肩背部操作3 ~ 5分钟。上肢及手指麻木者，行前臂直擦法（图215）。

图 215

（4）最后进行颈部拔伸（图216），并配合左右旋转（图217）。

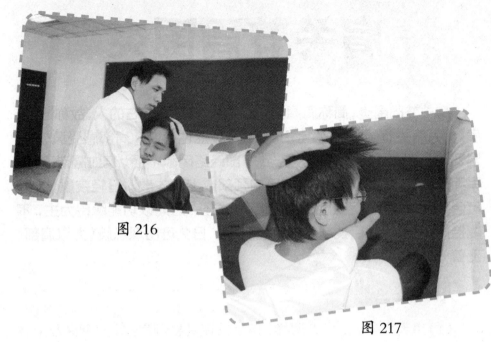

图 216

图 217

【健康提示】

（1）施行手法要求轻柔缓和，摇、扳等被动运动要在生理范围内进行，不可强求弹响声。

（2）较重者可配合针灸、拔罐、牵引治疗。

（3）睡觉时枕头高低要适中，并注意肩背、项部保暖，避免受凉。

（4）平时不要长时间低头看书、写字。从事电脑操作者，中途休息时经常做颈部前俯后仰、左顾右盼以及旋转等功能锻炼。

肩关节周围炎

肩关节周围炎，简称肩周炎。因常见于50岁左右的人，故称"五十肩"。为肩关节周围的软组织退行性、炎症性病变。肩部感受风、寒、湿邪，或劳累过度、慢性劳损，致肩部经络闭阻不通、气血凝滞不行。早期以肩关节剧烈疼痛为主，可向颈部或上肢放散。日轻夜重，夜间可因疼而醒，稍事活动后疼痛反而可减轻。后期以功能障碍为主，不能抬肩、梳头、摸后枕部及对侧肩胛区。日久可出现患肢（尤以肩部、上臂）肌萎缩。

【按摩治法】

（1）患者取坐位，术者用揉、搓手法在其患侧肩部、肩胛区及上肢操作5分钟左右（图218）。

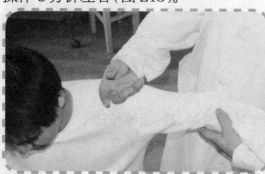

图218

（2）用点压术和弹拨手法依次点压肩井、天宗、肩髃、肩前（腋前纹头上1寸）、肩贞（腋后纹头上1寸）各穴，每穴半分钟左右，以酸胀为度。对痛点和粘连部位施弹拨手法。

（3）对肩关节功能障碍明显者，术者一手扶住其患肩，另一手握住腕部或托住肘部，以肩关节为轴心做环转摇动，顺时针和逆时针各15遍左右，幅度由小到大。然后再做肩关节内收、外展、后伸及内旋的扳动（图219）。

图219

延年益寿巧按摩

（4）拿捏肩部及上肢部肌肉2分钟。然后握住患侧腕部，抖动上肢1分钟（图220）。

图220

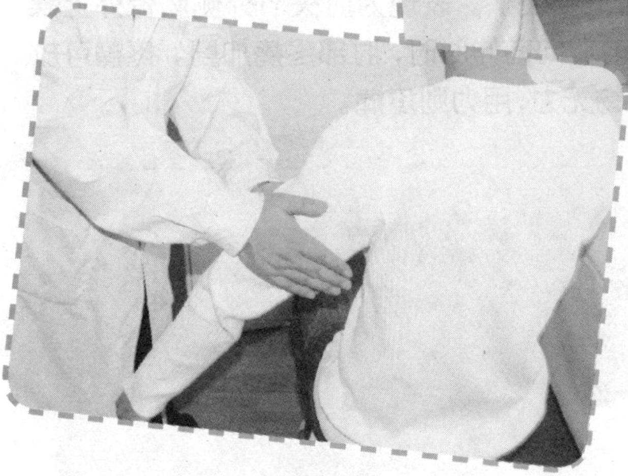

（5）用搓法从肩部到前臂，反复上下搓动3~5遍结束治疗（图221）。

图221

【健康提示】

（1）按摩治疗肩周炎有很好的疗效。但必须明确诊断，排除肩关节结核、肿瘤、骨折、脱臼等其他疾病，并与颈椎病相区别。

（2）组织产生粘连、肌肉萎缩者，应结合针灸治疗，以提高疗效。

（3）自主锻炼和被动锻炼是配合治疗、早日恢复肩关节功能的重要方法。应适当进行肩部功能练习，每日面对墙壁做2~3次"爬墙"活动，不断提高抬肩的高度。

（4）注意肩部保暖，避免风寒侵袭。

疾病防治篇

肱骨外上髁炎

肱骨外上髁炎，又称"网球肘"，因急性损伤或慢性劳损所致，以肘关节肱骨外上髁部疼痛为主要症状。表现为肘关节外侧肱骨外上髁局限性持续酸痛，尤其在前臂向前伸肘时，肘部疼痛加剧。疼痛可放射至前臂、腕部或上臂，持物无力，用力则疼痛。

【按摩治法】

（1）患者取坐位，术者用㨰法、揉法在其肘部沿伸腕肌反复操作（图222）。

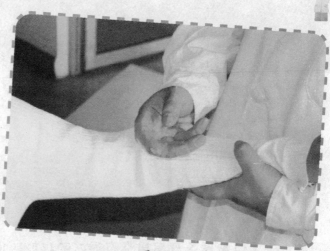

图 222

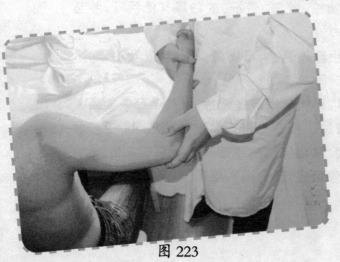

图 223

（2）拇指或中指点按曲池（图223）、手三里、尺泽穴和痛点（阿是穴），每穴1分钟左右。

延年益寿巧按摩

（3）弹拨前臂伸肌群 10~15 次（图 224）。往返提拿伸肌群 3~5 遍（图 225）。

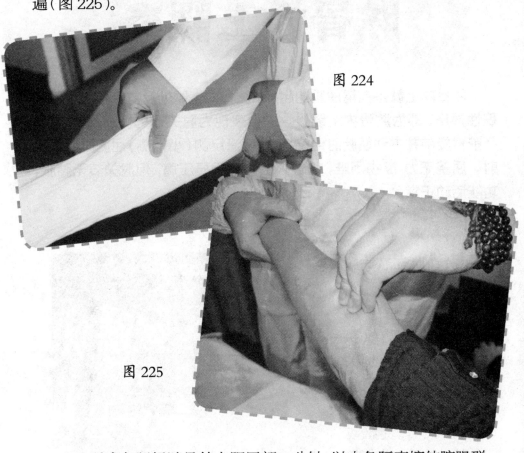

图 224

图 225

（4）以大鱼际揉肱骨外上髁局部 3 分钟，以小鱼际直擦伸腕肌群。

【健康提示】

（1）治疗期间上肢不宜负重，不宜做用力的背伸活动或绞拧衣服等动作。但患肢可适当进行柔和的伸屈活动锻炼。

（2）局部保暖，可配合热敷或艾灸。

（3）可配合封闭疗法。因粘连而压迫血管神经者，可做小针刀松解治疗。

肱骨内上髁炎

肱骨内上髁是前臂屈肌的起点,肱骨内上髁处反复牵拉所致的累积性损伤,即为肱骨内上髁炎。主要表现为肘关节内侧酸痛 尤其是在前臂旋前并主动屈腕时疼痛加重 可沿尺侧(小指侧)屈腕肌向下放射。屈腕无力 提物困难,肱骨内上髁有明显压痛,但肘关节无肿胀,功能活动正常。

【按摩治法】

(1)在肘部沿伸腕肌施滚法和揉法,重点在肘部尺侧点按少海(肘横纹小指侧纹头端,图226)、小海(肘关节肱骨内上髁与尺骨鹰嘴之间凹陷中)、曲泽(屈曲肘关节,肘横纹正中肱二头肌腱小指侧凹陷中)、痛点等处。

图 226

(2)术者一只手紧握病人患侧的手腕,另一只手捏揉前臂内下缘近肱骨内上髁疼痛部位(图227)2分钟左右。

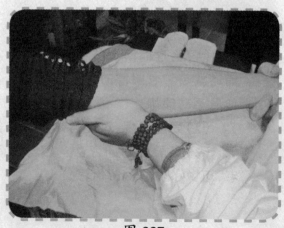

图 227

延年益寿河按摩

（3）用大拇指与食指、中指等拿捏、弹拨前臂尺侧屈肌群（图228）。用小鱼际直擦屈腕肌群（图229）。

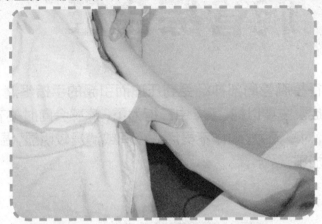

图 228

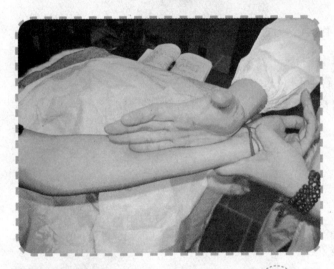

图 229

【健康提示】

（1）治疗期间上肢不宜负重，不宜做用力的背伸活动或绞拧衣服等动作。但患肢可适当进行柔和的伸屈活动锻炼。

（2）局部保暖，可配合热敷或艾灸。

（3）可配合封闭疗法。因粘连而压迫血管神经者，可做小针刀松解治疗。

腕管综合征

腕管综合征是腕管局部神经受到压迫而引起的手指疼痛、麻木、酸软无力等病症。主要以拇、食、中三指为重，痛感会向肘关节放射。拇指外展受限，对掌无力，动作不灵活。夜间或清晨较明显，温度增高和劳动后症状加重。

【按摩治法】

（1）患者自己或由他人操作，以滚法和揉法在腕部、前臂掌侧及手背反复操作。

图 230

（2）点按大陵（掌面腕横纹中点，图230）、阳溪（图231）、列缺、太渊（掌面腕横纹拇指侧）、合谷、内关、外关等穴，每穴1分钟左右。

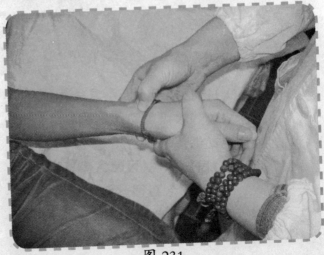

图 231

延年益寿巧按摩

（3）以拇、食二指弹拨屈指深浅肌腱 15~20 次（图 232）。手掌直接擦前臂内侧及手掌 20 次左右（图 233）。

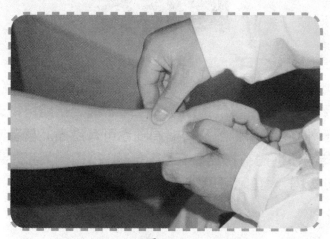

图 232

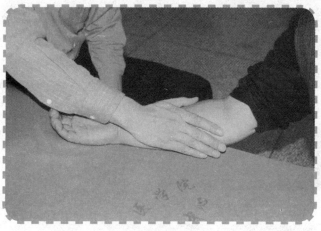

图 233

【健康提示】

（1）注意局部保暖，避免感受风寒或寒湿之邪。

（2）注意休息，腕关节尽量少用力，以免雪上加霜。

（3）若病情较重，保守治疗效果不佳，可考虑手术松解。

腱鞘炎

腱鞘炎是指桡骨茎突部肌腱、腱鞘损伤性炎症。厨房劳作、包装、理发、打毛衣等长期从事腕指活动者易患本病。初期持物乏力，桡骨茎突处局部肿胀疼痛，腕部及拇指周围也可有疼痛。甚者向前臂、手部放射。转为慢性时有挤压感，手腕尺侧（小指侧）活动受限。病久则拇指活动无力，大鱼际可见轻度萎缩。

【按摩治法】

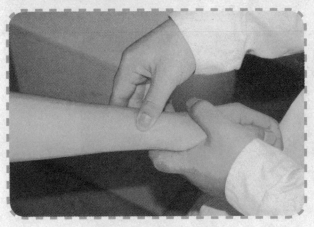

图 234

（1）自己或由他人揉腕部及第 1 掌骨背侧 5 分钟，重点在桡骨茎突部位的列缺穴（图 234）。

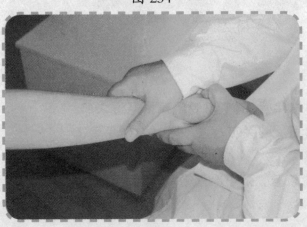

图 235

（2）捏揉桡骨茎突部肌腱（图 235）2~3 分钟。

（3）拔伸腕关节并配合腕关节屈伸、侧偏，1~2分钟（图236）。

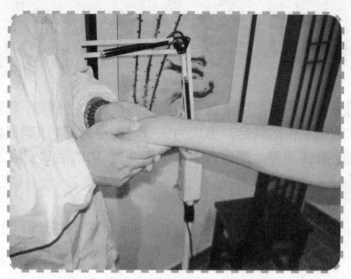

图236

【健康提示】

（1）对炎症反应明显者操作手法应轻柔，以免加重肿胀程度。

（2）治疗期间，腕部应避免过度用力活动，以防再度出现新的损伤。

（3）注意局部保暖，尽量减少接触冷水，避免寒凉刺激。

（4）病情严重或有粘连者，可考虑采用小针刀或手术剥离。

指间关节扭伤

指间关节扭伤是指由于劳作不当或间接暴力的作用，导致指间关节周围软组织损伤的病症。表现为关节周围疼痛，肿胀明显且不易消退。活动时疼痛加剧。严重者手指不能伸屈，功能活动受限。

【按摩治法】

（1）自己或由他人代为按揉手指患侧周围5~10分钟（图237），再分别用抹法、捻法在手指患侧操作3~5分钟（图238）。

图 237

图 238

延年益寿巧按摩

（2）分别按顺时针、逆时针方向轻摇患指关节各 10 次。

（3）拔伸患指关节 2 分钟，并配合关节的屈伸活动（图 239）。

图 239

【健康提示】

（1）须排除骨折后方能进行按摩治疗。

（2）操作手法宜轻柔，切勿做被动的猛烈屈伸、旋转活动，以免使已经受伤的关节囊、韧带进一步损伤。

（3）急性期避免患指用力。恢复期可适当配合指关节屈伸活动，以不加重疼痛为度。

（4）可配合中药熏洗。指关节扭伤 24 小时后，取红花、乌药、鸡血藤、伸筋草等各适量，煎水熏洗局部，每次 20 分钟，每日 2 次。

急性腰扭伤

急性腰扭伤，俗称"闪腰""伤筋""岔气"，是由于过度牵拉或突然扭闪所致的腰部软组织的急性损伤。常因负重时用力过度，或体位、姿势不当，或强力扭转、牵拉，引起腰部肌肉强烈收缩，致使肌肉、韧带、筋膜等出现损伤。患者腰痛、腰肌紧张、腰部活动受限，咳嗽、喷嚏、下蹲均可使疼痛加重。

【按摩治法】

（1）患者俯卧，术者先应用推法、擦法（图240）、按揉等轻柔的手法在其腰椎两旁往返操作2~3分钟。然后拿揉腰背部肌肉2~3分钟，重点在腰椎两侧压痛点施术。待患者肌肉痉挛稍松弛后，术者再用拇指由浅入深地点按压肾俞、大肠俞等穴及压痛点，然后弹拨压痛点和肌肉痉挛处约3~5分钟。

图 240

（2）以小鱼际擦腰部两侧肌肉，并横擦腰骶部，以透热为度（图241）。

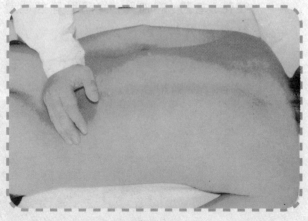

图 241

（3）用拇指点压大腿后面的委中（图242）、殷门（委中上8寸）、阳陵泉（膝关节外下方尺骨小头前下1寸凹陷中）等穴各1分钟。

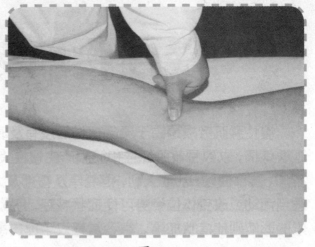

图 242

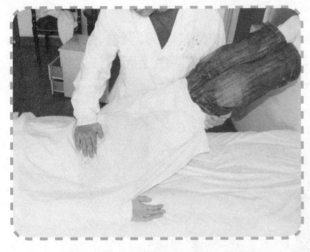

图 243

（4）最后进行腰部后伸扳腿法。患者取俯卧位，术者站在其旁，一手按压其腰骶部，另一手从膝关节上托起双下肢，两手相对用力，使患者腰部后伸至最大限度后，瞬间再用力，加大后伸角度约5~10°（图243）。

【健康提示】

（1）损伤早期要及时治疗，卧板床休息，以利损伤组织的修复。

（2）按摩时手法要轻柔，以免加重损伤。

（3）注意局部保暖，防止寒凉之气的侵袭。

（4）病情缓解后，应逐步加强腰背肌肉锻炼，但避免突然做剧烈活动。

慢性腰肌劳损

慢性腰肌劳损是由于腰部扭伤后没有及时治疗，或治疗不得法而延误病情，以致腰背肌纤维和筋膜产生慢性炎症。以长期反复发作的腰痛、腰部僵硬、活动欠利，疼痛牵及臀部及大腿上部为特征。休息、适当活动或改变体位姿势可使症状减轻，劳累、阴雨天气、风寒湿等因素的影响则使症状加重。患者常喜双手捶击患处，以减轻疼痛。

【按摩治法】

（1）患者取俯卧位，术者先用拇指按揉其命门、肾俞、腰阳关等穴，以酸胀为度。然后用按揉法沿患者脊柱两侧由上而下往返施术6~8遍，力量由轻到重（图244）。

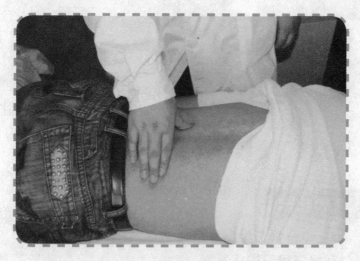

图 244

（2）用单手或双手拇指点拨手法施术于局部肌肉压痛点，反复操作4~6遍。然后再弹拨局部肌痉挛处。

（3）按揉腰臀及大腿后外侧，往返操作3~5遍。然后拍打腰背及下肢，用力由轻到重。最后用小鱼际直擦腰背两侧，横擦腰骶部，以透热为度。

（4）进行腰部后伸被动运动数次。然后改仰卧位，双下肢屈膝屈髋，术者抱住患者双膝做腰骶部双向旋转，顺、逆时针各5~10次。最后做抱膝起伏滚腰10~20次（图245）。

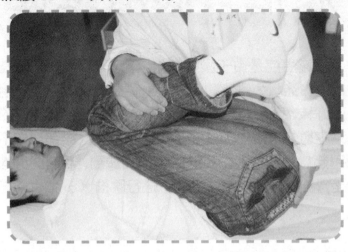

图 245

【健康提示】

（1）腰部损伤后应及时合理地治疗。

（2）在日常生活和工作中，须注意坐、立、卧的正确姿势，勿久坐久立。

（3）注意局部保暖，睡硬板床，节制房事。

（4）平时多做腰背伸肌的锻炼。俯卧位的飞燕式锻炼（图246）、仰卧位拱桥式锻炼（图247），每次各做20~30下，早晚各1次。

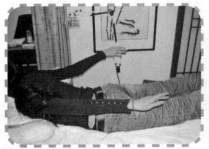

图 246

图 247

腰椎骨质增生症

腰椎骨质增生症是由于腰椎长年累月不断运动磨损而出现的退行性增生改变。症状为腰背酸痛、僵硬，休息的情况下症状明显，稍做活动后反而好转，但活动过多则又加重，与天气变化和潮湿的生活、工作环境关系密切。常常由于过度劳累、搬提重物、腰部动作不协调、轻微扭伤而引起急性发作。发作时腰部疼痛加剧，活动翻身均感困难，有时会沿坐骨神经出现放射性疼痛。进行腰椎 X 光拍片能够确诊。

【按摩治法】

（1）自我按摩可采用坐位或站位，用双手掌或手指自上而下在腰部进行按摩，力量由轻而重，直至局部发热，以促进腰部的血液循环，缓解肌肉的僵硬和紧张。

（2）患者取俯卧位，术者用掌揉法掌根部着力在其腰及下肢外、后侧做环形按揉，反复多次，使肌肉松弛、疼痛缓解（图 248）。

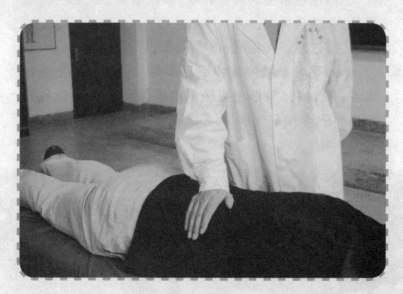

图 248

（3）采用拇指弹拨法或肘弹拨法，先在肩背部大椎穴、腰部夹脊（图249）进行弹拨，再在下肢的环跳、风市、承扶、殷门、委中、阳陵泉、悬钟、昆仑等处进行弹拨。

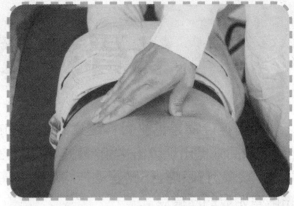

图 249

（4）术者用双手全掌着力，在腰部及患侧下肢后、外侧自上而下做推抚操作，反复多次。

（5）以拳叩法或掌击法用力叩击病人的腰部、臀部、下肢的后外侧等部位（图250）。

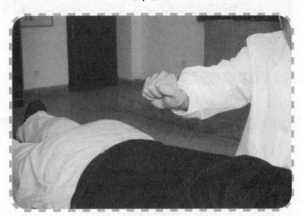

图 250

【健康提示】

（1）长期坚持各种健身运动，如散步、慢跑、健身操、太极拳、太极剑等。但活动中应注意防止腰部受伤。

（2）防寒保暖，免受风寒湿邪的侵袭。

（3）最好睡硬床或半硬床，不宜睡软钢丝床，以防腰椎的生理曲度发生改变。

（4）保持良好的坐姿和站立姿势，长期从事坐位工作的人，应选择可调式靠背椅，使坐位时腰部有所依靠，以减轻腰部负担。连续坐位姿势超过1小时者，应起身活动一下腰部。

坐骨神经痛

坐骨神经痛是沿坐骨神经通路出现的放射性疼痛，以腰部或臀部、下肢后外侧出现电击样和烧灼样疼痛为主症。患肢功能活动受限，弯腰、咳嗽、打喷嚏、下蹲等动作均可使疼痛加重，腰部及坐骨神经分布区有明显的压痛点。

【按摩治法】

（1）患者取俯卧位，术者先以掌根从其腰部自上而下按揉至骶部，重点按压腰椎棘突，反复操作2~3次（图251）。

图 251

（2）患者取侧卧位，术者以肘尖部着力于其臀部环跳穴或压痛点，垂直持续按压（图252），而后用拇指点压承扶（臀部与大腿交界横纹中点）、殷门、委中、风市（大腿外侧正中膝关节横纹上7寸）、承山（小腿肚腓肠肌下凹陷中）、阳陵泉（膝关节外下方尺骨小头前下1寸凹陷中）、昆仑（足外踝与跟腱连线中点）等穴各半分钟。严重者需加按命门、肾俞、腰阳关等穴。

图 252

延年益寿巧按摩

（3）患者先取俯卧，术者立于患侧，一手按住其臀部，另一手从大腿部托起患肢，双手通过反作用力，对腰腿部进行后伸扳法（图253）。患者再改侧卧位，健侧下肢伸直，患肢屈膝置于健侧下肢上面。术者面对患者而立，顺势一手扶住患者臀部，另一手按住患侧肩关节，进行腰部斜扳法操作（图254）。注意用力要适中，不可过猛。

图 253

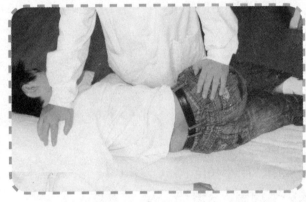

图 254

（4）患者双手攀住床沿，术者以两手握住其两足踝上部，向下牵引1分钟。

【健康提示】

（1）按摩治疗坐骨神经痛效果较好。如因肿瘤、结核等引起者，应治疗原发病。

（2）急性期应卧床休息。伴有椎间盘突出者须卧硬板床，腰部宜束宽腰带。

（3）注意防寒保暖，防止腰部及下肢感受寒凉。

（4）起床动作应按先侧卧、后起坐、再下床三个步骤来完成。

退行性膝关节炎

退行性膝关节炎是指由于膝关节的退行性改变和慢性关节磨损引起的膝关节疼痛、活动不利的病症，又称增生性膝关节炎、肥大性膝关节炎、老年性膝关节炎。主要表现为膝关节活动时疼痛，劳累后加重，跑、跳、跪、蹲、上下楼梯时疼痛明显，甚则跛行。

【按摩治法】

（1）患者仰卧，术者用单手捏揉其膑骨下缘10次（图255）。点按膑骨边缘压痛点，力量由轻逐渐加重。用小鱼际擦膝关节周围，以透热为度。

图 255

（2）按揉、拿捏大腿股四头肌及膝膑周围。重点按梁丘、血海、膝眼、阴陵泉、阳陵泉、足三里、委中、承山、太溪等穴，每穴30秒左右（图256）。

图 256

（3）摇膝关节，同时配合膝关节屈伸、内旋、外旋的被动活动，反复操作5次（图257）。

图 257

（4）患者俯卧，术者用㨰法在其大腿后侧、腘窝及小腿后侧操作3分钟左右，重点在腘窝部。

【健康提示】

（1）注意休息，尽量减少膝关节负重。

（2）局部防寒保暖，避免风寒湿邪的侵袭。

（3）病情好转够时，应适当进行伸膝锻炼，以增强肌力，促进血液循环，预防股四头肌萎缩。

踝关节扭伤

踝关节扭伤是指在外力作用下，踝关节骤然向一侧活动而超过其正常幅度时引起的关节周围软组织损伤。多发生在行走、运动、跑跳、爬山或上下楼梯的过程中，以外侧副韧带损伤最为多见。轻者仅有部分韧带纤维撕裂，表现为踝关节局部疼痛、压痛，行走时疼痛明显。重者韧带完全断裂或伴有踝部骨折甚至关节脱位，伤后几分钟到数小时内，可出现程度不等的肿胀、皮下瘀血、青紫等现象。迁延日久易转为慢性损伤。

【按摩治法】

(1) 急性期宜以㨰法、揉法在小腿外侧至踝关节上下，反复操作数遍。同时点按阳陵泉、悬钟（绝骨）、解溪、太溪、昆仑、申脉、照海等穴以及踝关节肿胀处的压痛点（图 258），每穴 30 秒左右。再用指推法在局部理顺抚平。待疼痛稍缓解后即可配合小幅度的踝关节摇法和拔伸法施术。

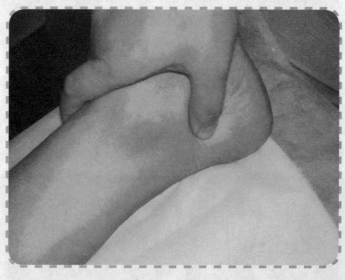

图 258

（2）对恢复期伴有肌痉挛、关节粘连的患者，在上述手法的基础上，可先对踝关节拔伸，做小幅度背屈，然后做突然的、大幅度的背屈，接着内翻或外翻足背上。再轻度摩、擦足踝，以透热为度（图259）。

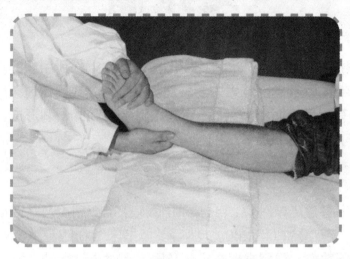

图 259

【健康提示】

（1）应在排除踝骨骨折和脱位的情况下方可按摩。

（2）急性期手法要轻柔，以免加重局部的损伤性出血。恢复期手法可加重，起到行气活血、化瘀止痛、剥离粘连的作用。

（3）手法治疗后可用绷带包扎患部，进行软固定，并注意抬高患肢，避免站立和行走。

足跟痛

　　足跟痛是指跟骨结节周围软组织急、慢性损伤所引起的足跟底部局限性疼痛，以行走困难为主要表现。晨起站立或行走过久后疼痛加重，可伴有足底麻胀和疲劳感，常有跟骨结节前缘骨刺形成。体型肥胖的老年妇女易患此症。

【按摩治法】

　　（1）患者盘坐或卧位，自己或由他人在足跟痛点及其四周的穴位上按摩3～5分钟（图260）。然后以拇指末节在跟骨结节及压痛点弹拨、点压数次。再用掌根在足跟及周围用擦法治疗，以透热为度（图261）。

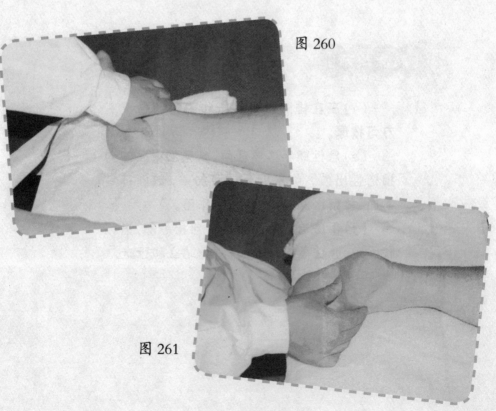

图 260

图 261

延年益寿按摩

（2）患者俯卧，术者从其小腿腓肠肌至跟骨基底部，自上而下施按揉、拿捏法5分钟左右（图262）。

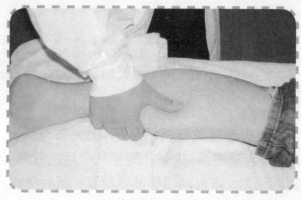

图 262

（3）术者用掌根或握拳叩击患者足底痛点（图263），用力由轻渐重，连续数十次。患者自己也可以用小木锤在足跟痛点处自我锤击，力度由轻及重，以能忍受为度，次数逐渐增加。

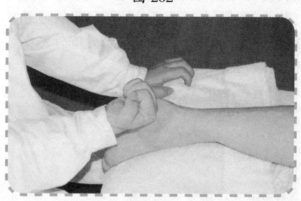

图 263

（4）轻摇和屈伸踝关节。用小鱼际擦足跟部及涌泉穴，以透热为度。

（1）急性期应注意休息，避免站立和步行，减轻下肢和足的负担。症状缓解后也不宜久站和过多步行。

（2）宜穿轻便鞋，可在患足鞋内放置海绵垫。

类风湿性关节炎

　　类风湿性关节炎，是一种以关节滑膜炎为特征的慢性自身免疫性疾病。起病缓慢，先有几周到几个月的低热、手足麻木刺痛、食欲不振、疲倦乏力、体重减轻等前驱症状，随后便出现某一两个关节游走性疼痛、僵硬，逐渐发展为对称性多个关节受累。清晨肌肉酸痛，关节僵硬（称为"晨僵"），适度活动后僵硬现象可缓解。病变关节最后形成屈位畸形改变，手指常在指掌关节处向外侧半脱位，形成特征性的尺侧偏向畸形，生活不能自理。

【按摩治法】

图 264

图 265

　　（1）用捻法捻一侧肿大指关节（图264），同时配合小关节的摇动。最后再摇肩关节，搓上肢3~5次。

　　（2）患者仰卧，两手臂自然伸直置于身体两旁，术者先在其一侧上肢的背面用按法沿指掌、腕关节、前臂至肘关节施术，往返操作3~5遍。然后患者翻掌，再以揉法施治，同时配合肘、腕、掌、指关节伸屈和摇动的被动运动（图265）。

延年益寿巧按摩

（3）术者先用揉法在臀部施术，再向下沿大腿后侧、小腿后侧，直至跟腱、足背、足趾，往返操作2～3次。

（4）用揉法施术于大腿前部及内外侧，经膝关节向下到小腿前外侧，直至足背、趾关节。同时配合踝关节屈伸及内、外翻的被动运动。

【健康提示】

（1）病人应保持乐观和开朗的情绪，切勿郁闷忧虑、悲观失望，要树立战胜疾病的信念。

（2）防寒保暖，处于干燥、温暖的生活环境，尽量避免冷水作业。

（3）日常饮食要全面合理搭配，可适当多食动物血、牛肉、鸡肉、鱼、虾、蛋、豆类制品等，少吃高动物脂肪和高胆固醇食物。

（4）适当进行力所能及的体力劳动和锻炼，但要避免关节损伤。

痛 风

痛风是一种由于嘌呤代谢紊乱所导致的疾病。当血中尿酸浓度过高时，尿酸即以钠盐的形式沉积在关节、软组织、软骨和肾脏中，引起相应组织的炎症反应，表现为夜间发作的急性关节疼痛，呈进行性加重。局部皮肤紧张、有光泽、皮温高，外观呈暗红色，红肿且有明显触痛。最常见的累及部位是足部大趾的趾跖关节、足弓、踝关节、膝关节、腕关节和肘关节次之。全身症状有发热、寒战不适、心悸、白细胞增高等。

【按摩治法】

（1）在疼痛的部位，尤其是第 1 趾跖关节（图 266）和足跟周围（图 267），做点揉法 5 分钟。

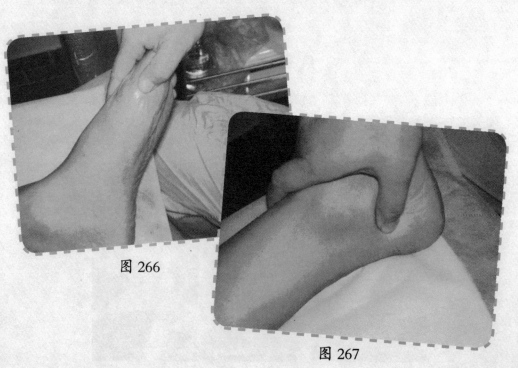

图 266

图 267

延年益寿巧按摩

（2）患者俯卧，术者先用滚、揉法在其腰背部操作2～3遍（图268），再点按脊柱两旁的肺俞、心俞、肝俞、脾俞、肾俞、命门、腰眼、环跳等穴，每穴2～3分钟。最后掌推腰背部，使局部微微发热。

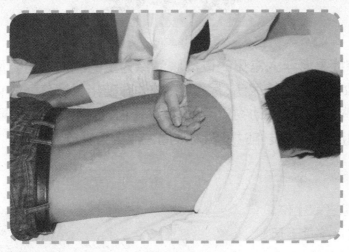

图268

【健康提示】

（1）避免诱发因素，尽可能少用影响尿酸排泄的药物，如青霉素、四环素以及氨苯喋啶等利尿剂。

（2）放松情绪，消除精神紧张。避免感染，尽量避免外科手术。

（3）肥胖者要积极减肥，这对于防止痛风的发生颇为重要。

（4）不宜劳累，注意劳逸结合。最好不要参加跑步等较强烈的体育运动或长途步行旅游。

（5）戒除烟酒，也不宜喝浓茶、咖啡等饮料。忌食各种动物内脏、骨髓等高嘌呤食物。少吃鱼虾、菠菜、豆类、香菇、香蕈、花生等。多饮水，以预防尿路结石的发生。

瘙痒症

瘙痒症是老年人常见的以皮肤瘙痒为主的病症。主要原因有内脏疾病，如肝脏病、糖尿病、尿毒症、脑动脉硬化、神经衰弱，内分泌障碍等。一些植物花粉、动物皮毛、抗生素药物、食物因素及气温变化等，都可能引起瘙痒的发作。表现为限局性或全身性皮肤瘙痒。

【按摩治法】

（1）患者取坐位，术者点按其枕骨下风府、风池二穴，并拿风池穴（图269）。

图 269

（2）患者俯卧，术者以两手拇指从上到下分别按揉其背部风门、肺俞（图270）、膈俞、肝俞、脾俞等穴，顺时针、逆时针方向各20次。

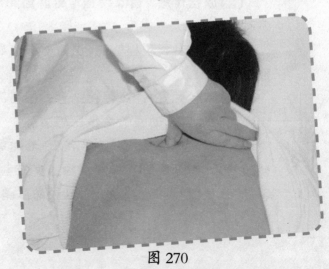

图 270

延年益寿巧按摩

（3）分别按揉上肢合谷、曲池穴（图271），顺时针、逆时针方向各20次。内关、外关二穴同时用对按法操作。

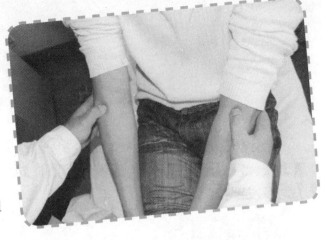

图271

（4）自上而下分别按揉下肢膝关节上的血海穴（图272），膝关节下的足三里、三阴交、太冲等穴，顺、逆时针方向各20次。

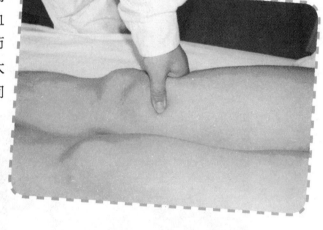

图272

【健康提示】

（1）瘙痒症是一个多种原因导致的症状，按摩只是缓解瘙痒的程度，故应注意对原发病的治疗。

（2）对瘙痒局部可用重力抚摸法止痒，尽量不要用手强力抓挠，以免导致皮肤破损感染。

（3）注意个人卫生，勤洗澡，勤换衣。

老年斑

老年斑即老年性色素斑，是指老年人皮肤上出现的一种脂褐质色素斑块。常见于高龄老人，故被人们俗称为"寿斑"。以面颊区和手背部为多发部位。

【按摩治法】

（1）两手掌互相搓擦，待手掌充分暖热后，对面颊进行上下左右的按摩，直至面部出现舒适的热感为止。

（2）两手握拳，拇指在外，其余四指握于掌心。用拇指指甲对准斑点局部进行刮擦，直至皮肤变红和发热为止（图273）。

图273

（3）再将两手背交叉摩擦，反复进行。

（4）仰卧，自我摩腹3～5分钟。由他人搓摩胁肋部（图274）。

延年益寿话按摩

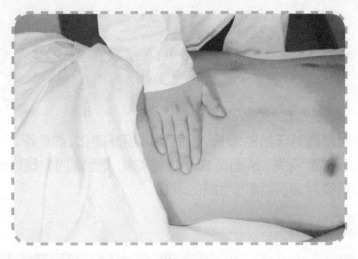

图 274

（5）俯卧，由他人捏脊 5～10 遍，并按摩肺俞、膈俞、肝俞、肾俞等穴。用擦法横擦腰骶部，以透热为度。

【健康提示】

　　老年斑是组织衰老的一种先兆斑，一旦有出现老年斑的迹象，应该加强营养，多吃新鲜蔬菜和水果，多饮水，保持大便通畅。

老花眼

老花眼是随着年龄的增长，眼晶状体逐渐硬化，弹性逐渐减小，调节功能减弱甚至消失，从而造成看近物和阅读困难的生理性改变，也是气血日渐衰弱、肝肾精气亏损的表现。

【按摩治法】

（1）眼微闭，本人或由他人在印堂、晴明（图275）、承泣（瞳孔直下7分，紧靠目下眶的上缘）、四白（瞳孔直下1寸）、太阳、阳白、瞳子髎（外眼角旁开5分）等穴按揉，每穴约1分钟。

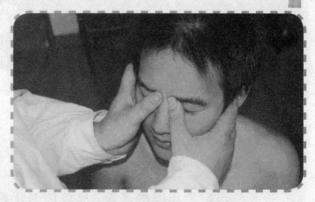

图 275

（2）闭眼，两手掌擦热放在两眼上，轻轻捂1分钟（图276），再用拇指腹自眉头攒竹穴至眉尾丝竹空穴，抹双侧眉弓2分钟（图277）。

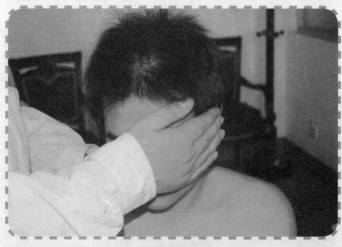

图 276

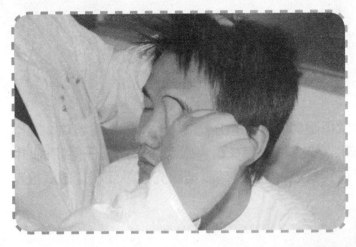

图 277

（3）用双手拇指按摩耳根 20 次。用双手拇指和食指捏压耳垂（耳垂中心点为耳穴疗法的"眼"区），并有力往下拉 20 次左右（图 278）。

（4）按压双侧下肢足三里、光明穴（足外踝上 5 寸）、太冲各 2 分钟，至局部酸痛有胀感为宜。

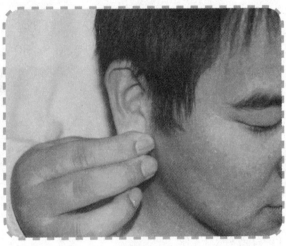

图 278

【健康提示】

（1）忌看字体过小、潦草或模糊不清的读物。饭后或劳累时不要看书、读报、看电视。

（2）照明强度要适宜，以晴天的自然光和柔和的灯光为宜。过强或过弱的光线，都对视觉有害。

（3）多吃富含维生素的食物，如新鲜蔬菜、水果、粗粮、植物油等，以维持眼部正常的代谢过程。

（4）及时更换度数合适的眼镜。

青光眼

青光眼是一种常见眼病，主要是由于眼内房水排出系统功能障碍所导致，与情志失调、激动、恼怒有关。多数患者早期无任何症状，中后期眼压升高时可有头昏、头痛、眼胀痛、结膜充血等症状。眼底检查有助于明确诊断。

【按摩治法】

（1）用双手拇指桡侧缘交替推印堂至神庭50遍（图279）。用双手拇指分推攒竹至两侧太阳穴30～50遍。用大鱼际或掌根揉太阳穴30次。按揉睛明、攒竹、承泣、四白、丝竹空等穴各20～30次。用一指禅推法推按眼眶3～5遍。双手食指微屈，以食指桡侧缘从内向外推抹上、下眼眶各50遍。

图279

（2）用双手大鱼际从前额正中线抹向两侧，在太阳穴处重按3～5次。再推向耳后，并顺势向下推至项部，反复操作3～5遍。

（3）用拇指指腹推桥弓左右各10遍。用力拿捏风池10～20次，以局部产生较强的酸胀感为佳。

（4）由前向后用五指拿头顶，至头后部改为三指拿法，顺势从上向下拿捏项肌3～5遍（图280）。

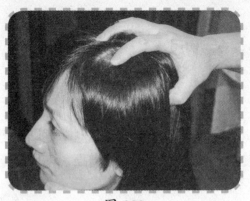

图 280

（5）用力拿捏虎口的合谷、背部的肝俞、肩背部的肩井，然后拿捏下肢的光明（足外踝高点上5寸，图281）、太冲（图282）、太溪等穴，各30～50次。

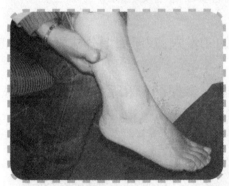

图 281

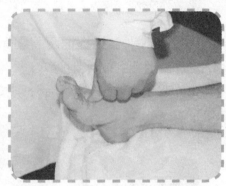

图 282

【健康提示】

（1）早期诊治对保护视功能、防止视力丧失极为重要。

（2）不要长时间低头做事，不宜从事重体力劳动，防止加重病情。

（3）安定情绪，不要急躁，以防血压升高后引起眼压随之升高。

（4）平时应多活动，多散步，防止缺氧对血管造成损害。看电视最多不超过3小时。

（5）多吃富含维生素的食物，多吃新鲜蔬菜、水果，保持大便通畅。

疾病防治篇

白内障

白内障是由于细胞代谢障碍、晶体透明度下降和混浊，逐渐导致视力模糊的慢性眼病。随着年龄的增长，发病率逐渐增高。多因年老体衰、肝肾两亏、精血不足，精气不能上荣于目所致。

【按摩治法】

（1）用拇指、食指提捏两眉之间的印堂穴，双手拇指分抹眉弓5～8遍，按摩睛明、四白、太阳等穴。

（2）双手五指一前一后分别按揉、拿捏前额和后项部风池穴（图283）。

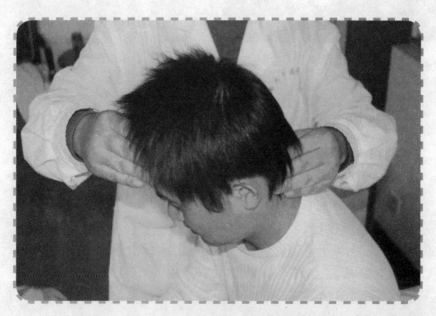

图283

（3）用拇指背关节处轻擦两上眼睑10～20次。两手快速搓热，抚于眼部，重复操作4～5遍，使眼部感到温热舒适。

（4）用力拿捏虎口的合谷、背部的肝俞、肩背部的肩井、然后拿捏下肢的光明、太冲、太溪（图284）等穴，各30～50次。

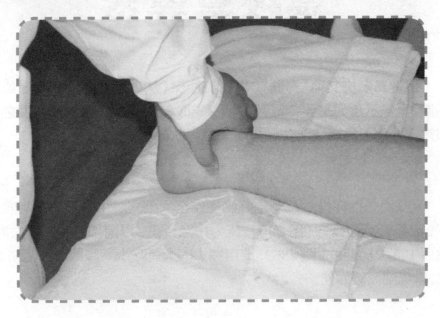

图 284

（5）最后，双眼向左右方向各旋转十余次。

【健康提示】

（1）早期老年性白内障，通过按摩可以大大延缓其病情发展过程，提高视力。

（2）照明强度要适宜，以晴天的自然光和柔和的灯光为宜。

（3）多食用富含维生素的食物。

（4）如果视力受影响较大，应考虑手术治疗。

慢性鼻窦炎

慢性鼻窦炎又称"鼻渊"，以鼻流浊涕（从鼻腔上方向下流）、如泉下渗、量多不止为主要特征，是常见鼻部病症。常伴有头痛（两眉之间印堂穴处痛）、鼻塞、嗅觉减退，病久者虚眩不已。

【按摩治法】

（1）用一指禅推法从印堂开始操作至太阳穴。由内眼角睛明穴向下，沿鼻旁至迎香穴（图285），压力由轻至重，以面部肌肤微红为度。然后中度按揉迎香（图286），或用搓热的大鱼际上下摩擦鼻翼两侧30次，以局部温暖为佳。

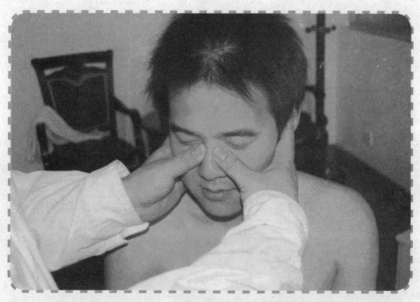

图 285

延年益寿巧按摩

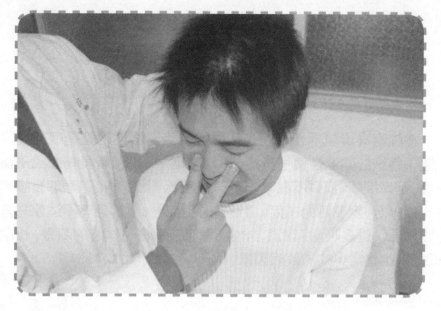

图 286

（2）俯卧，由他人按摩第 3 胸椎下身柱、夹脊和肺俞、膈俞穴，以透热为度。

（3）最后重力点按合谷、曲池、足三里等穴，约 5 分钟。

【健康提示】

（1）本病急性者易治，慢性者难治；初病者易治，久病者难治；实证者易治，虚证者难治。故当及时诊治。按摩作为辅助治疗，有一定效果。

（2）过敏性鼻窦炎应及早查找过敏源，进行有针对性的治疗。

（3）稳定期加强耐寒锻炼，防止感冒，减少诱发因素。

慢性咽喉炎

　　慢性咽喉炎包括慢性咽炎和慢性喉炎。慢性咽炎是咽部黏膜及黏膜下组织的弥漫性慢性炎症，表现为咽中不适、有异物感或干燥灼热感，咽痒欲咳，痰稠不易咳出，晨轻夜重。慢性喉炎是喉部黏膜的慢性炎症，以声音嘶哑为主症，讲话多时则加剧，喉部伴有不适感并有分泌物附着。过多吸烟、饮酒，粉尘、烟雾及有害气体等的刺激，长期用声过度，也是常见的的致病因素。

【按摩治法】

　　（1）患者自己经常轻轻按揉咽喉部位及喉结两旁 3 ～ 5 分钟。经常按揉咽喉部天突穴（图 287）。

图 287

（2）经常按揉上肢的合谷、内关、列缺（图288）、鱼际、曲池，下肢的太溪、照海（足内踝下5分，图289）、三阴交、足三里等穴。

图288

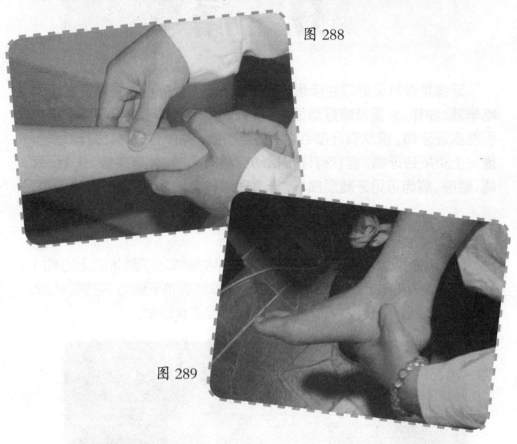

图289

【健康提示】

（1）在咽喉局部施行按摩操作一定要轻柔，切忌用力过猛、过重。

（2）保护嗓音，尽量少说话。

（3）保持乐观的情绪，避免不良精神刺激。

（4）忌吃坚硬、油炸、辛辣等刺激性强的食物。多饮水，经常用菊花、胖大海泡茶饮。

（5）积极预防感冒，减少复发机会。

牙 痛

　　牙痛是最常见的口腔疾患，毛病虽小却十分痛苦。实证多发于偏吃辛辣、油炸、火锅及嗜好烟酒者，虚证则见于肾虚之人。胃肠火盛会引发实证牙痛，症状有牙龈红肿，甚至出血，并伴有口臭。肾精亏乏、虚火上炎所致牙痛，症状有牙根松动或龈肉萎缩，伴有头晕、失眠、耳鸣、腰酸。龋齿可见牙髓质损坏。牙本质过敏者怕冷、热、酸、甜等刺激。

【按摩治法】

　　（1）用拇指或中指指腹按揉牙床局部的颊车（下颌角前上方约1寸，咬牙时咬肌隆起处，图290）、下关穴（耳前鬓角下颧弓下凹陷中，张口时有隆起处）1分钟左右。实证应重按，虚证宜轻按。

图 290

（2）用拇指指尖重力按压二间（第2指掌关节前下凹陷处）、合谷（图291）各0.5～1分钟,对实证牙痛有特效。

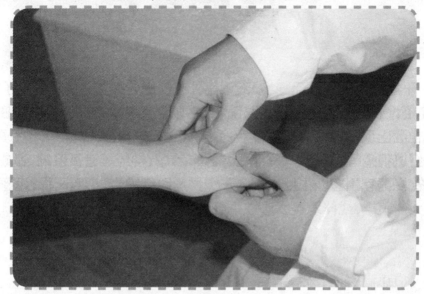

图 291

（3）用双手拇指指尖分别点按头部的风池穴、下肢的内庭穴（第2、3趾缝纹头端）。牙齿有摇晃感者加揉太溪穴。

【健康提示】

（1）注意口腔卫生,饭后及时漱口,早、晚坚持刷牙,并掌握正确的刷牙方法。

（2）少吃或不吃辛辣、油炸、火锅食品,戒除烟酒。

（3）牙若是遇热而痛,可用冰袋冷敷颊部也可以用盐水反复漱口。

（4）龋齿反复发作者,应及早拔除。

干燥综合征

　　干燥综合征是以泪腺、唾液腺等外分泌腺体损害为主，又称为"自身免疫性外分泌腺体病"，多发于 40 岁以上女性。本病既可以单独存在，也会出现在其他自身免疫疾病中，如继发于类风湿性关节炎、硬皮病、红斑狼疮等，累及呼吸、消化、血液、泌尿、神经等诸多系统，造成多系统、多器官损害。主要表现为干燥性角膜结膜炎、口腔干燥、咽干喉痛、大便干结，或伴发类风湿性关节炎等其他风湿性疾病。

【按摩治法】

　　（1）患者取坐位，按揉面颊腮腺部位的颊车、下关穴各 1 分钟。拿揉喉结、点按廉泉穴（图 292）2 分钟左右。

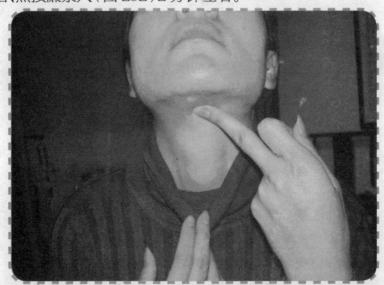

图 292

　　（2）患者仰卧，按揉膻中、中脘、气海、关元各 1 分钟。顺时针摩腹 3～5 分钟。

　　（3）患者俯卧，术者掌推其脊柱两旁 3～5 遍。按揉大椎、肺俞、膈俞、脾俞、肾俞各 1 分钟。

（4）沿手臂内的拇指侧推摩3～5遍。重点按揉尺泽、列缺、合谷穴。

（5）按揉足三里、丰隆、三阴交（图293）、复溜（内踝高点与跟腱连线中点上2寸）、太溪（图294）、照海穴各1分钟。

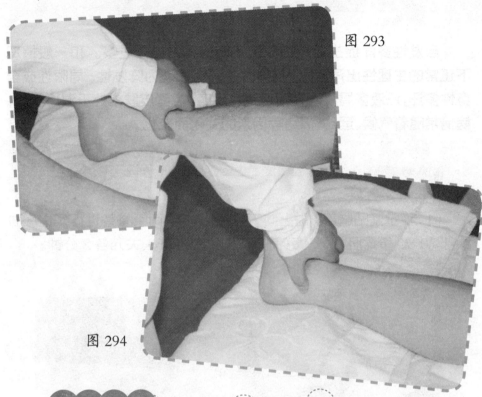

图293

图294

【健康提示】

（1）保持生活与工作环境的湿润。外出应带防护镜，避光、避风。

（2）注重口腔卫生和牙齿保健，饭后及时漱口，早晚坚持刷牙。如果患有牙周炎、口腔霉菌感染，应及时治疗。

（3）注意补充水分，除多喝水之外，主食应多进流质，如稀饭、豆浆等。适当多吃些梨子、萝卜、莲藕、荸荠、蜂蜜等润肺生津的食物。尽量少食或不食辣椒、葱、姜、蒜、胡椒等燥热之品，防止病情加重。

疾病防治篇

自发性多汗症

自发性多汗症主要是指原因不明的异常出汗过多。和一般情况下正常的生理性出汗不同，自发性多汗症表现为阵发性、局限性或全身性多汗，汗液多局限于腋下、手掌、足底。患者皮肤常处于湿冷状态。病情常随着气候、运动、情绪等因素的变化而变化。

【按摩治法】

（1）手掌紧贴胸部，由上向下抹揉 10 次，两手交替进行。搓摩胁肋部 20 次，按揉脐中、气海（脐下 1.5 寸，图 295）、关元各 2 分钟。

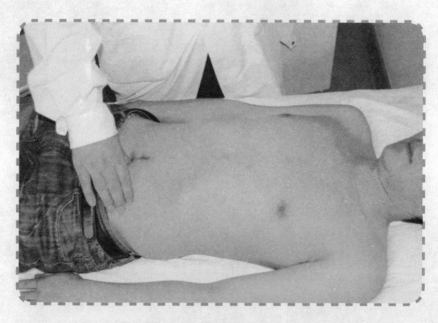

图 295

延年益寿河按摩

（2）推腰背部脊柱两侧5遍，按揉大椎、肺俞（图296）、心俞、膈俞、肝俞、脾俞、肾俞各1分钟。

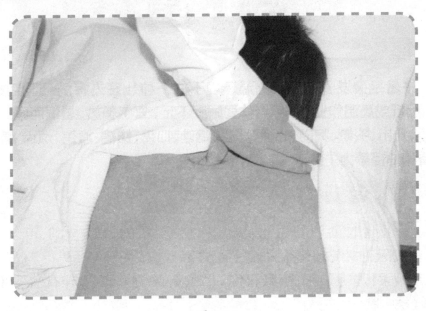

图 296

（3）按揉合谷、曲池、内关、劳宫等穴各1分钟。

（4）点揉下肢的足三里、血海、三阴交、太溪、复溜、太冲等穴，各1分钟。

【健康提示】

（1）保持心情舒畅，遇事不可过于激动，行为动作宜缓慢。

（2）饮食宜清淡，戒除烟酒。

（3）冬季注意使用润肤霜保护皮肤，避免出汗过多导致失水。

（4）经常更换内衣，保持皮肤清洁。

中 暑

中暑是突发于盛夏或高温环境下的一种急性热病,多因冒暑劳作、远行或高温作业,或年老体弱睡眠不足,复感暑热、暑湿而致。以高热、汗出、头晕、胸闷、心慌、恶心、呕吐、口渴、腹痛、腹泻、烦躁,甚则神昏和抽搐等为主症。

【按摩治法】

(1)患者取仰卧位,由他人点压和按揉头部的印堂、太阳、百会、神庭(前发际正中点)、上星(神庭上1寸)等穴。

(2)柔和按压上肢的合谷(图297)、外关、曲泽穴。伴有恶心呕吐者,轻揉中脘、内关。

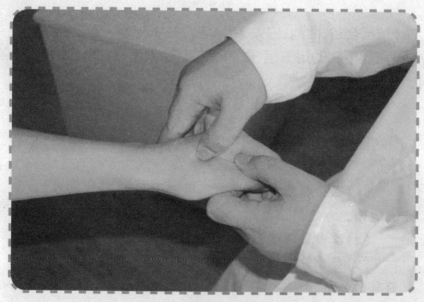

图 297

（3）患者俯卧，由他人点压和按揉背部的大椎、下肢的委中穴（腘窝正中，图 298）。手足抽搐者，加按下肢的阳陵泉、太冲穴，并拿捏小腿肚腓肠肌（图 299）。

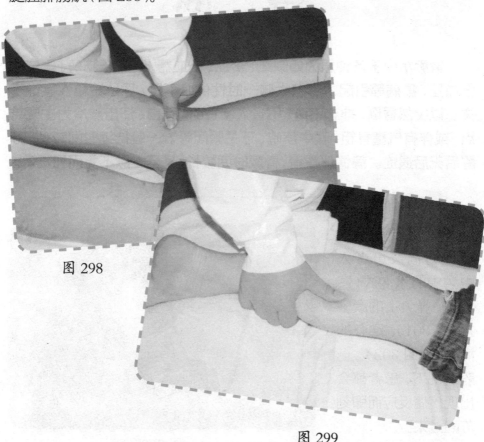

图 298

图 299

【健康提示】

（1）中暑发病急骤，变化快，需及时救治。首先要离开高温环境，将患者移到阴凉通风处，再施以急救。

（2）按摩治疗中暑疗效肯定，方法简便，可作为急救的首要措施。危重病例应采取综合措施治疗。

（3）夏季做好防暑降温工作，准备好清凉饮料，保持室内通风，注意劳逸结合。

昏厥

昏厥常由于各种原因如缺氧、贫血、低血糖、高血压脑病、体位性低血压、癔病等引起。患者大脑一时性供血不足，导致短暂性意识丧失。以突然昏倒、神志不清、不省人事、颜面苍白、汗出肢冷为主要特点，或伴有气壅息粗、喉中痰鸣、牙关紧闭等。一般持续时间较短，苏醒后无后遗症。病情严重者，昏厥时间较长，甚至一厥不复而死亡。

【按摩治法】

（1）急用拇指指甲重力掐按患者人中沟中的水沟穴（图300）、鼻尖上的素髎穴（图301）、足心的涌泉穴（图302）。一般情况下，患者都会出现疼痛反应而即刻苏醒过来。

图300

图301

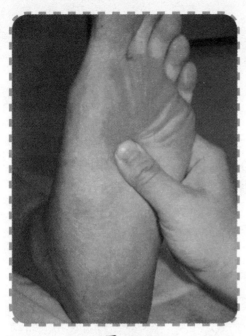

图 302

（2）昏厥病人苏醒以后，往往会有头晕、胸闷、恶心、疲乏无力的感觉，可轻轻按揉百会、合谷、内关、足三里等穴，使其好转。

【健康提示】

（1）昏厥是临床常见的危重病症，应紧急救治。按摩对于部分昏厥能收到立竿见影之效。但对心源性昏厥则要采取综合治疗，以免贻误病情。

（2）避免精神刺激，避免使用镇静剂。

（3）身体虚弱、过度劳累的人，患有贫血、低血糖、高血压、低血压的人，应避免长时间站立。久蹲体位之后，切忌突然快速站起，以防晕倒。当出现头晕、眼冒金花等症状时，应立即采取卧位，以避免昏厥的发生。

疾病防治篇

醉　酒

醉酒又称急性酒精中毒，是由于一次饮入过量的高浓度酒精引起的。患者中枢神经系统由兴奋转为抑制状态，主要表现为头痛、头晕、恶心、呕吐、肢体麻木、头重脚轻、谵语、躁动。严重者大小便失禁、抽搐、昏迷甚至死亡。

按摩治法

（1）将手掌放在醉酒者肚脐上，先按顺时针方向按揉30~50次，再按逆时针方向按揉30~50次（图303）。

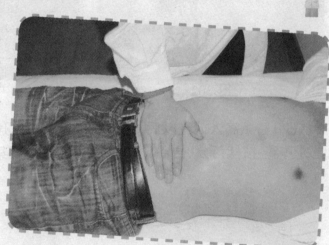

图303

（2）上起剑突（即胸骨下端突起处），下至耻骨联合（即阴毛附着处），用手指反复抹擦，可以来回20次，以局部温热为度（图304）。

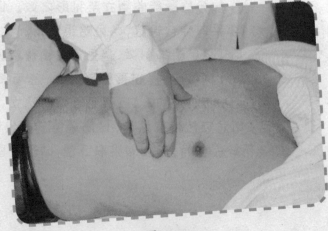

图304

（3）如果伴有头痛、头昏,可按摩百会、印堂、太阳等穴。若伴有恶心、呕吐,可指压合谷、内关(掌面腕横纹中点上2寸,图305)、中脘等穴。对谵语、躁动、抽搐或昏迷者,可用手指重力点压其头顶百会、人中(或鼻尖素髎穴)、合谷、太冲等穴,至醒为止。

图 305

【健康提示】

（1）醉酒者如果皮肤发红,要注意防寒保暖,以防着凉。按摩时室内气温不宜过低,术者双手必须搓热后方可进行按摩。

（2）醉酒者如果呕吐不止,用热毛巾撒一些花露水敷在其脸上,往往能醒酒止吐。

（3）当醉酒者昏睡时,应将其屈身侧睡,头偏向一侧,以避免呕吐物吸入肺内导致窒息。

（4）醉酒者出现抽搐时,应在口中塞入干净毛巾,防止咬破舌头。如醉酒者面色苍白、大汗不止、心律不齐、呼吸异常以及昏迷,应尽快送往医院抢救。

图书在版编目(CIP)数据

延年益寿巧按摩/王启才等主编 . —南京:江苏科学技术
出版社,2009.9
ISBN 978-7-5345-6922-7

Ⅰ.延... Ⅱ.王... Ⅲ.①中年人-保健-按摩疗法
(中医)②老年人-保健-按摩疗法(中医) Ⅳ. R244.1

中国版本图书馆 CIP 数据核字(2009)第 150615 号

延年益寿巧按摩

主　　编	王启才　马荣连
责任编辑	沈　志
责任校对	郝慧华
责任监制	曹叶平

出版发行	江苏科学技术出版社(南京市湖南路 1 号 A 楼,邮编:210009)
网　　址	http://www.pspress.cn
集团地址	凤凰出版传媒集团(南京市湖南路 1 号 A 楼,邮编:210009)
集团网址	凤凰出版传媒网　http://www.ppm.cn
经　　销	江苏省新华发行集团有限公司
照　　排	南京奥能制版有限公司
印　　刷	江苏苏中印刷有限公司

开　　本	718 mm×1 000 mm　1/16
印　　张	15.25
字　　数	234 000
版　　次	2009 年 9 月第 1 版
印　　次	2009 年 9 月第 1 次印刷

标准书号	ISBN　978-7-5345-6922-7
定　　价	24.00 元